KB237367

나의 아름다운 죄인들

나의 아름다운 죄인들

나의 아름다운 죄인들

초판 1쇄 발행 2009년 8월 24일
초판 6쇄 발행 2017년 1월 16일

지은이 김숨
펴낸이 주일우
펴낸곳 (주)문학과지성사
등록번호 제1993-000098호
주소 04034 서울 마포구 잔다리로7길 18(서교동 377-20)
전화 02) 338-7224
팩스 02) 323-4180(편집), 02) 338-7221(영업)
전자우편 moonji@moonji.com
홈페이지 www.moonji.com

ISBN 978-89-320-1984-0 43810

나의 아름다운 죄인들

김숨 장편소설

문학과지성사
2009

차례

동화야……

꿈에서인 듯 아버지가 날 부르는 소리가 들렸다. 나는 아버지의 등짝에 거머리처럼 매달려 있었다. 우릴 내려준 퍼런 버스가, 짓뭉개버리기라도 할 듯 우릴 향해 커다란 대가리를 기세 좋게 들이밀며 지나갔다. 버스가 근대줄기 같은 신작로를 성급하게 내달려, 산굽이 너머로 완전히 사라진 뒤에도, 서릿발 섞인 흙먼지가 일었다. 흙먼지 속에서 아버지가 우우 아우성을 치듯 흔들렸다. 나는 떨어지지 않으려 두 팔로 아버지의 목을 조르듯 꼭 끌어안았다. 아버지의 억센 머리칼이 내 입속으로 꾸역꾸역 밀려 들어왔다. 나는 어금니로 머리칼을 질근질근 씹었다. 머리칼에서는 노린내가 났다. 입속에서 침과 콧물로 범벅이 된 머리칼을 뱉어내며 나는 우웩우웩 구역질을 했다.

멀미를 했구나……

아버지가 바위만큼 큼직한 손으로 내 등을 가만가만 토닥였다. 팬티에서 떨어진 노란 고무줄이 원피스 아래로 탯줄처럼 길게 내려왔다. 노란 고무줄이 자꾸만 내 발목에 친친 감겨왔다.

1982년 2월이었다. 나는 겨우 일곱 살이었다.

세상천지 목숨보다 질긴 게 또 있을꼬

"눈초리가 올라간 것이 고 망할 년을 쏙 빼닮았구나!"

진흙을 덕지덕지 뭉쳐놓은 것 같은 얼굴이 나를 무섭게 쏘아보았다. 할머니였다. 시커먼 저 농 속에 숨었나? 육십 촉 전구 불빛 아래, 아버지의 얼굴은 어디서도 보이지 않았다.

"버스가 떠나두 진즉에 떠났을 거구먼."

할머니는 질긴 토란대라도 씹듯 내뱉었다. 밀가루포대와 신문지가 발라진 천장에서 쥐들이 우글우글 뛰어다녔다.

"쥐새끼들이 초저녁부터 극성이구나."

할머니가 천장을 향해 시커먼 가위를 집어 들었다. 두 날이 한껏 벌려진 가위의 그림자가 벽과 천장에서 일렁일렁 춤을 추어댔다. 가위는 날까지도 시커멨다. 가위가 싹둑, 벽에 드리워진 내 그림자의 목을 잘랐다. 가위는 내 두 팔도 자르고, 내 허리도 자르고, 내

두 다리도 잘랐다. 내 머리칼도 싹둑, 싹둑, 잘랐다.

"종당에는 쥐새끼들이 이 집을 무너뜨리고 말 거다."

할머니는 천장을 향해서도 가위를 들이댔다. 할머니가 손을 뻗어 내 팬티에서 떨어진 노란 고무줄을 움켜쥐었다. 가위의 두 날에 노란 고무줄이 잘려나갔다. 나는 노란 고무줄을 집어 들어 입속에 넣고 질겅질겅 씹었다. 마루에 세워놓은 괘종시계가 데엥 데엥 울었다.

나는 아무래도 아버지가 괘종시계 안에 숨어 있는 것만 같은 생각이 들었다. 괘종시계의 추가 왼쪽에서 오른쪽으로 움직일 적마다 아버지가 데엥, 하고 비명을 내지르는 것만 같았다. 데엥 소리가 멎으면 아버지가 동화야, 하고 괘종시계에서 걸어 나올 것만 같았다. 데엥 소리는 귀가 멍멍하도록 울려 퍼졌다.

저 안에서 아버지는 깜박 잠이 들었나?

"애비는 서울로 아파트를 지으러 갔다."

할머니는 봉초를 한 숟갈 백노지에 떠놓더니 손으로 꾹꾹 눌러가며 말았다. 가운뎃손가락만 하게 말린 끝을 입에 물고는 성냥불을 붙여 뻐끔뻐끔 피워댔다.

"아파트……?"

"서울서 살다 온 년이 아파트두 모르냐?"

할머니가 내게 퉁을 주었다. 사과궤짝처럼 네모반듯한 집을 층층으로 쌓아놓은 기다란 집을 말하나? 서울서도 부자들만이 모여 산다는?

"백 밤만 자믄 널 데리러 올 거다."

백노지가 타들며 싯누런 연기가 피어올라 할머니의 얼굴을 삼켰다. 겨우 일곱 살인 나는 일곱까지밖에 셀 줄 몰랐다. 하나, 둘, 셋, 넷, 다섯, 여섯, 일곱……

"백 밤……?"

나는 시무룩하게 중얼거리며 손으로 왼뺨을 가만가만 어루만졌다. 내 왼뺨에는 철사로 부욱 그은 것 같은 흉터가 달라붙어 있었다. 내가 세 살 때 사이다 병뚜껑에 긁힌 자국이라고 했다. 사이다 병뚜껑이 광대뼈에까지 박혔었다고 했다. 어린 게 얼굴이 피투성이가 되어서도 울지 않았다고 했다. 독한 년이라고 했다.

"춤바람이 나서 도망을 갔다며?"

어둑한 윗목, 애벌레처럼 이불을 둘둘 말고 누워 있던 춘자 고모가 말했다.

"네 엄마는 미친년이다."

춘자 고모는 짝짝짝 껌을 씹었다.

할머니가 육십 촉 전구를 끄자 방 안이 석탄가루를 흩뿌린 듯 어두워졌다. 나는 노란 고무줄을 질겅질겅 씹으며 백 밤이 어서 지나갔으면 했다.

백 밤 중에 딱 하룻밤이 지나갔다.

괘종시계가 데엥 데엥 일곱 번을 울고, 두 번을 더 울었다. 마당에 들어찬 햇빛이 더럭 겁이 나도록 눈부셔서 나는 눈을 제대로 뜰 수 없었다. 서울, 내가 아버지를 따라 떠나온 집은 대낮에도 굴속처럼 어두운 곳이었다.

"마늘을 까라."

할머니가 광에서 마늘을 한 소쿠리나 가지고 나와 마당 멍석 위에 쏟았다. 나는 마루에서 비치적거리며 내려가, 멍석 앞에 쪼그리고 앉았다. 네모난 양철대문이 삐거덕 흔들렸다. 양철대문은 낮달처럼 누렇고 찌그러진 곳 천지였다. 나는 혹시라도 아버지가 양철대문으로 들어설까 몰라 마늘을 까면서도 양철대문을 힐끔힐끔 쳐다보았다.

"점심 즌에는 마늘을 다 까야 헌다."

할머니가 늘어진 볼을 사납게 떨며 엄포를 놓았다.

마늘은 밤톨보다 작았다. 그리고 그 안에 박힌 알들은 내 엄지손톱보다 쪼끄마했다. 까도, 까도, 마늘은 줄어들지 않았다. 마늘마다 까맣게 썩어 문드러진 알이 꼭 한두 개씩은 들어 있었다. 알들이 죄다 썩어 문드러진 마늘도 있었다. 썩고 말라비틀어졌는데도 마늘이 어찌나 매운지 손톱마다 금세 검푸른 마늘독이 올랐다. 다리에 쥐가 나도록 깠지만, 깐 마늘보다 까지 않은 마늘이 더 많았다.

밥상에는 까만 강된장국과 들기름에 달달 지진 시래기, 곰팡이가 허옇게 낀 동치미뿐이었다. 놋쇠로 만든 숟가락은 크고 무겁기만 했다. 보리가 반도 더 섞인 밥알들이 입속에서 낱낱으로 흩어져 굴러다녔다. 숟가락 한가운데에는 해괴한 글자가 새겨져 있었는데, 기역자도 배우지 못한 나는 그 글자가 뭔 글자인지 도통 알 수가 없었다.

"목숨 수(壽)란다."

할머니의 입이 내 얼굴을 삼킬 듯 벌어지더니, 금을 씌운 어금니가 번개처럼 번쩍거렸다.

"동서남북 세상천지 사람 목숨보다 질긴 게 또 있을꼬?"

할머니는 눈동자를 굴려 골방 쪽을 흘끔 바라보며 말끝에 한숨을 내쉬었다.

"목숨……?"

나는 그 말이 마냥 거북살스럽고 싫기만 했다. 나는 혓바닥으로 자꾸만 숟가락을 핥았다. 해괴한 그 글자를 내 혓바닥으로 핥고 또 핥아 흐릿하게 지워버리고만 싶었던 것이다. 할머니는 앞니가 네 개나 빠졌는데도, 반쯤 언 동치미 무를 아작아작 잘도 베먹었다. 나는 짜기만 한 강된장도 싫고, 고춧가루와 기름이 지저분하게 떠다니는 동치미도 싫고, 씁싸래하고 질기기만 한 시래기도 싫었다.

백 밤만 지나면 정말 아버지가 오는가?

나는 숟가락을 놓자마자 양철대문을 부수듯 열어젖히고 신작로로 달려나갔다. 양철대문에서 신작로까지, 구불구불 이어진 길을 심장이 터져라 내달렸다. 신작로는 흙먼지로 들끓었다.

부글부글 끓는 흙먼지에 두 눈이 멀도록 기다려도 버스는 오지 않았다.

"네가 동화냐?"

목과 팔다리가 쇠젓가락처럼 마르고 눈썹이 흐린 여자아이가 나를 빤히 내려다보고 있었다. 그 애 손에는, 그 애의 얼굴만 한 고구마가 쥐여 있었다.

"나는 저어기 저 집에 살어."

여자아이가 저 멀리, 거대한 짐승처럼 누워 있는 산 아래쪽을 손가락으로 가리켜 보였다. 그 산 아래 검은 기와를 얹은 집이 한 채 웅크려 있었다. 신작로로부터 멀찌가니 들어앉아 있었지만, 지붕이며 담이며 대문이 뚜렷하고 큼지막해서 얼른 눈에 들어왔다. 나는 두 눈동자의 초점을 사방으로 분산시키다가 성급히 할머니의 집을 찾았다. 방금 전의 그 집과 달리 할머니의 집은 지우개로 한번 쓱 지운 듯 흐려터지기만 했다. 점점 흐려져서는 머지않아 그대로 사라져버릴 듯…… 그래서인가, 나는 백 밤이 지나고 아버지가 날 데리러 올 때까지 꼼짝없이 저 집에서 살아야 한다는 사실에 덜컥 겁이 났다. 백 밤이 다 지나기도 전에 저 집이 저대로 사라져버리면 어쩌지……? 저 집도, 할머니도, 나도, 할아버지도, 춘자 고모도 사라져버리면……?

"난 인숙이여."

"……"

"양인숙……!"

"……"

"너, 벙어리냐?"

나는 고개를 홱 들어 여자애를 쏘아보았다.

"엄마가 도망을 가뻐려서 할머니 집에 살러 왔다믄서?"

나는 마늘독이 잔뜩 오른 손톱을 세워 그 애에게 달려들었다. 그 애의 납작하고 너른 이마를 순식간에 할퀴어놓았다. 그 애는 먹던 고구마를 내던지고는 아앙아앙 울면서 제 집 쪽으로 도망치듯 달려 갔다.

그것이 마을의 몇 안 되던 아이들과 나와의 첫 대면이었다.

버스는 그때까지도 오지 않고 있었다.

천년만년 재수가 없게도

나는 일곱 밤까지 세다가 그만두었다. 백 밤은 언제 지나가나? 내가 날마다 까야 하는 마늘보다 더 많은 밤이 지나야만 겨우 백 밤이 채워질 것 같았다. 마늘은 정말이지 까도, 까도, 줄어들지 않았다.

까도 또 까도……

까도 또 까도 마늘이 영 줄어들지 않아서, 나는 한 주먹쯤 되는 마늘을 할머니 몰래 변소에 버렸다. 다저녁때 똥을 누러 변소에 들었던 할머니가 눈에 쌍심지를 켜고는 씩씩거리며 나왔다.
"썩을 년! 똥 누라고 맨들어놓은 똥숫간에 마늘을 버렸냐?"
할머니는 싸리비로 내 등짝을 사정없이 후려쳤다.
"밥값도 못허는 되바라진 년!"

할머니는 부아가 가라앉지 않는지 내게 저녁밥도 주지 않았다. 내가 썩을 년이라서, 밥값도 못하는 년이라서.

"변소에 마늘을 버렸다며?"

괘종시계가 일곱 번을 울고도 두 번을 더 운 뒤에야 공장에서 돌아온 춘자 고모가 내 머리를 콕 쥐어박았다. 춘자 고모는 양은대야 공장에 일을 다녔다. 신작로를 따라 읍내 쪽으로 가다 보면 양은대야 공장이 있다고 했다. 그녀는 아침 일찍 양은대야 공장에 일을 나가 밤이 늦어서야 돌아왔다.

"재수가 없게도 공장에서 오 씨 아저씨의 손가락이 잘렸지 뭐야."

춘자 고모는 부르르 몸을 떨더니 노란 솜이불을 끌어당겨 뒤집어썼다. 솜이불 속에서 껌을 짝짝짝 씹었다. 할머니는 메주를 줄줄이 널어놓은 아랫목에 누워 잠들어 있었다. 메주들이 드리우는 그림자가 바위처럼 할머니를 깔아뭉개듯 짓누르고 있었다. 할머니의 머리며 어깨며 등허리며 허벅지를 꾹 눌러 옴짝달싹 못하게 했다. 할머니가 이를 부드득 갈며 으어어— 신음을 내뱉었다. 나는 춘자 고모처럼 짝짝짝, 어금니가 부서져라 소리를 내고 싶었다. 그렇지만 춘자 고모는 내게 껌을 한 개도 나누어주지 않았다.

"잘린 손가락이 두 개인지 세 개인지 모르겠어…… 두 개인지 세 개인지…… 재수가 없게도 손가락이 잘리는 걸 봤지 뭐야…… 천년만년 재수가 없게도 말이야…… 천년만년 재수 옴 붙게도 말이야……"

이불 속에서 춘자 고모의 쉬어터지고 겁에 질린 목소리가, 짝짝 짝 껌 씹는 소리와 뒤섞여 들려왔다.

천년만년이라면 얼마나 긴 시간일까. 백 년도 아니고 천년만년이라면…… 하룻밤도 이렇게 길고 지루하기만 한데 천년만년이라면…… 고작 하룻밤도 머리카락을 죄다 쥐어뜯고 싶을 만큼 지루하고 답답하기만 한데……

나는 도무지 천년만년이라는 시간이 가늠되지 않았다. 마당 양철 대문 밖, 아궁이 속처럼 시커먼 어둠 저 어디엔가 아버지가 서 있을 것만 같았다. 동화야, 하고 날 부를 것만 같았다.

"공장에서 저녁으로 김치수제비가 나왔는데 수제비가 꼭 잘린 손가락 같지 뭐야."

"……?"

"시뻘건 국물 속에 손가락들이 둥둥 떠다니고 있는 것 같았다니까. 오 씨 아저씨의 잘린 손가락들이 말이야…… 내가 그 얘기를 해주었는데도 인자 아줌마 그년은 수제비를 잘도 처먹지 뭐야. 그년은 글쎄 미친년처럼 생글생글 웃으며 수제비를 떠서는 이빨로 질근질근 씹어 먹지 뭐야. 나를 약 올리기라도 하듯 수제비를 세 그릇이나 퍼먹었어. 인자 아줌마 그년도 재수 없어…… 정말이지 천년만년 재수가 없다니까……!"

춘자 고모가 부르르 떨더니 갑자기 솜이불 밖으로 얼굴을 쑥 내밀었다. 화장을 싹 지운 춘자 고모의 얼굴은 육십 촉 전구 불빛을 받아 싯누렇다 못해 얼룩덜룩 파르스름한 빛까지 감돌았다. 로션을 잔뜩 처발라 번들거리기까지 했다. 솜이불에 수놓인 자잘하고 붉은 꽃들은 피가 튀어 번져나간 자국만 같았다. 그녀가 눈을 치켜뜨더니 속삭이기라도 하듯 목소리를 가늘게 해 내게 물었다.

"근데 말이야…… 두 개였을까, 세 개였을까?"

그녀의 말이 끝나기가 무섭게 괘종시계가 데엥 데엥 울었다.

"그러니까 잘린 손가락이 말이야……"

춘자 고모가 내 얼굴 가까이 그녀의 얼굴을, 이마가 맞닿도록 들이밀었다. 괘종시계는 그때까지도 데엥 데엥 울고 있었다. 그녀의 검은자위는 압핀으로 꾹 찔러놓은 듯 움직임이 없었다.

"두 개였을 것 같니, 세 개였을 것 같니?"

춘자 고모의 목소리는 끊어지기라도 할 듯 가늘었다. 그녀가 느닷없이 솜이불을 활짝 펼쳐 나를 솜이불 속으로 와락 끌어당겼다. 솜이불 속은 깜깜하고, 숨이 막히도록 답답했다. 메주 냄새와 로션 냄새, 비릿한 피냄새가 뒤섞인 이상야릇한 냄새가 솜이불 속에 꽉 들어차 있었다. 내가 달아나려고 버둥거리자 춘자 고모가 두 손으로 솜이불 자락을 꽉 움켜잡았다. 거미줄처럼 가늘어진 목소리로 내게 물었다.

"두 개였을 것 같니, 세 개였을 것 같니?"

그녀가 내 귀를 껌처럼 질근질근 물어뜯는 것만 같아, 나는 손으로 얼른 귀를 감싸 쥐었다.

"두…… 두 개……"

나는 귀를 꼭 감싼 채 얼떨결에 중얼거렸다. 그녀가 손을 뻗어 내 손을 꽉 움켜잡았다.

"정말? 정말 두 개뿐이었을까?"

"세…… 세 개……"

"아아, 정말이지 재수가 없어……! 저리 가. 저리 꺼지란 말이야. 네 입에선 구린내가 나. 입들이 죄다 썩어버린 게 틀림없어."

춘자 고모는 낭떠러지로 떠밀기라도 하듯 나를 솜이불 밖으로 밀어냈다.

"어떻게 된 게 인간들 입이 죄다 썩어서 똥냄새를 풍풍 풍긴다니까!"

춘자 고모는 솜이불을 머리끝까지 뒤집어쓰고는 참을 수 없다는 듯 껌을 마구 씹어대다 그대로 잠들었다.

나는 욕을 바가지로 퍼부어대는 할머니보다 춘자 고모가 더 싫었다. 그녀는 엄마를 미친년이라고 했다. 나도 미친년이라고 했다.

헌데 내 입에서 똥냄새가 풍기나?

나는 두 손으로 입을 감싸 쥐며 후— 하고 숨을 내쉰 뒤 냄새를 맡아보았다. 저녁에 먹은 된장찌개와 쉰 김치 냄새가 뒤섞인 냄새가 났다. 똥냄새가 났다. 그러고 보니 할머니의 입에서도 똥냄새가 났다. 할머니가 욕을 퍼부어댈 때면 입은 코를 틀어막고 싶을 만큼 지독하게 똥냄새를 풍겼다.

괘종시계가 또다시 데엥 데엥 울었다.

송장처럼 꿈쩍도 않던 할머니가 끄응 소리를 내더니 몸을 일으켰다. 반쯤 감긴 눈으로 방 안을 휘둘러보고는 윗목으로 비틀비틀 걸어갔다. 아궁이의 불길이 뻗치지 못하는 윗목은 얼음장 같은 냉기가 감돌았다. 할머니는 보자기 같은 치마를 허리까지 끌어올리더니 요강에 엉덩이를 걸치고 앉았다. 입을 꾸욱 다문 채 나를 뚫어져라 바라보며 오줌을 누었다.

오줌이 요강 밖으로 흘러넘치면 어쩌나? 방 안에 깔아놓은 이불들을 다 적시면 어쩌나? 솜이불 밖으로 뿌리처럼 뻗친 춘자 고모의 머리카락을 적시면 어쩌나?

걱정이 될 만큼 할머니는 오줌을 오래 누었다.

"태어났을 때 꼭 털두 안 난 쥐새끼 겉었지……"

할머니의 메마른 목소리가 갈라지듯 방 안에 울려 퍼졌다.

"팔자가 을매나 드세려구 그랬는가…… 구불구불 질긴 탯줄을 쥐새끼 겉은 몸뚱이에 휘감고 태어났지……"

할머니는 잠꼬대를 하는 걸까?

"내가 네년 탯줄을 잘라 불에 태웠다. 요날 요때꺼정 살믄서 고렇게나 징글맞은 탯줄은 생전 첨이었다…… 네년이 태어난 지 일년두 더 지나서야 할아버지가 동화라는 이름을 지어주었지…… 뭔놈의 조홧속인가 네년 이름을 토해놓구는 쓰러지지 않았겄냐……"

할머니는 중얼거리고는 끙 소리를 내며 요강에서 엉덩이를 들어올렸다. 지린 오줌 냄새가 방 안 공기 중으로 확 번져나갔다. 나는 오줌이 마려웠지만, 요강이 할머니의 오줌으로 다 차서 오줌을 눌

수 없었다. 아버지가 돌아왔나? 마당에서 양철대문이 요란한 소리
를 내며 흔들렸지만 나는 꼭 닫힌 방문을 열기가 겁났다.

그런데 잘린 손가락은 두 개였을까 세 개였을까?

동화라는 내 이름

내 손가락 개수보다 더 여러 밤이 지났지만, 나는 할아버지의 얼굴을 한 번도 보지 못했다.

할아버지는 복수초 씨앗만 같은 골방에서 구들장이나 지고, 싸리나무처럼 살이 바짝바짝 말라가고 있다고 했다. 숨만 겨우 꼴딱, 꼴딱 토해내고 있다고 했다. 중풍이라고 했다. 골방 문 쪽으로 고개가 돌려질 때마다, 나는 할머니가 중얼거리던 말이 저절로 떠올랐다. 할아버지가 동화라는 내 이름을 토해놓고는 쓰러졌다던……

'뭔 놈의 조홧속인지……'

그때마다 나는 목 안에서 자신도 모르게 중얼거렸다.

누런 창호지를 덕지덕지 발라놓은 골방 문은 늘 단단히 닫혀 있었다. 마음만 먹으면 언제든 그 문을 열 수 있었는데도, 나는 좀처럼 그 문을 열지 못했다. 그 문 가까이 다가가는 것조차, 나는 꺼려지기만 했다. 할머니는 할아버지가 시체가 되어서나 골방에서 나올 거라고 했다.

"시체가 되어서나 골방 문턱을 넘겼지……"

"시체가 되어서나……?"

"아침마다 새빨간 배암이 뒷산에서 기어 내려온단다. 백미(白米) 겉은 몇 방울의 독(毒)을 할아비의 가파른 이마에 수놓고는 뒷산으로 되기어 올라간단다."

할머니가 골방을 향해 중얼거리는 말들은 내게 허황되게만 들렸다.

할머니는 하루에 서너 번, 무덤을 드나들듯 골방에 드나들었다. 골방에 들었다 나올 때면 늘 똥오줌 범벅인 기저귀가 한 무더기 할머니의 손에 들려 있었다.

"요상하게두 먹는 건 한 주먹이어두 싸지르는 건 두세 주먹이다."

할머니는 끼이익— 끼이익— 펌프질을 해 땅속에서 끌어올린 물로 똥오줌 범벅인 기저귀를 헹구어내었다. 똥이 대충 떨어져나가면 빨래판에 대고는 마구 치대었다. 얼마나 치대고 헹구어댔는지 기저귀들은 걸레처럼 너덜거리기만 하였다.

마당 빨랫줄에 줄줄이 널려 얼어가는 기저귀를 바라보며, 나는 세상천지 목숨보다 질긴 게 또 없다던 할머니의 말을 이해할 것도 같았다. 날이 어두워지면 할머니는 양철판처럼 딱딱하게 얼어버린 기저귀를 거두어 안방 아랫목에 겹겹이 널어두었다.

할머니의 집 바로 뒤는 아카시아나무로 뒤덮인 야산이었다. 할머니는, 비가 억수로 퍼부으면 아카시아나무 뿌리들이 송장들처럼 땅 위로 불거져 나온다고 했다. 할머니는 몇 번이고, 아카시아나무들이 아니었으면 뒷산이 무너져내렸을 것이라고 했다. 무너져도 진즉에 무너져 집을 덮쳤을 것이라고 했다.

괘종시계가 데엥 데엥…… 다섯 번을 울었다.

할머니는 백미 한 주먹을 새카만 무쇠솥에 넣고 들기름에 달달 볶다가, 쌀뜨물을 부어 끓였다. 부엌 아궁이 옆에는 마른 콩대가 수북하게 쌓여 있었다. 할머니는 마른 콩대를 한 무더기 아궁이의 불 속으로 쑤셔 넣었다. 콩대 더미 속에서 쥐가 찍찍찍 울었다. 무쇠솥 바닥에 가라앉아 있던 백미들이 구더기처럼 떠오르자 할머니는 간장을 한 숟가락 떨어뜨렸다. 풀처럼 끈끈하게 쑤어진 죽을 한 국자 놋쇠그릇에 떠 담아 들고 골방에 들었다.

"요년아, 고작 요것을 깠냐!"

할머니는 골방에만 들었다가 나오면 나를 닦달했다.

마늘을 하도 까서인가, 내 손톱마다 마늘독이 오를 대로 올라 검푸른 빛이 일렁거렸다. 나는 그 검푸른 빛이 날뛰듯이 일어 나를 통째로 집어삼키는 악몽에 시달리고는 했다.

천년만년 재수가 없지 뭐야……!

악몽에서 깨어난 뒤면, 나는 할머니를 흘겨보며 중얼거렸다. 근질거리는 손톱을 피가 나도록 물어뜯으며 생각했다.

할아버지의 얼굴을 꼭 한 번은 보았으면…… 동화라는 내 이름을 토해놓고는 쓰러졌다는 할아버지의 얼굴을……

그렇지만 나는 여전히 한없이 주저하며, 골방 문조차 열지 못했다.

마늘을 까고 또 까며, 나는 한 번이라도 들어본 이름들을 곰곰 떠올려보았다. 엄마의 이름은 귀숙, 이모들의 이름은 양숙, 명숙, 광숙, 고모의 이름은 춘자, 그리고 또…… 인숙, 경미, 미정……

할아버지는 그렇게나 많은 이름들을 놔두고 어째서 동화라는 이름을 토해낸 걸까.

'동화……'

나는 매운 마늘이라도 씹듯 입속에서 중얼거려보았다.

손끝이 얼얼하도록 깐 마늘을 몰래 땅속에 묻으며, 나는 내 이름을 저주하기로 마음먹었다. 자신의 이름을 저주한다는 것이 뭔지도 모르면서, 동화라는 이름이 마냥 싫기만 해서…… 그 이름 때문에 할아버지가 쓰러지고, 엄마가 도망을 간 것만 같아서. 동화,라는 그 이름 때문에.

내 팔을 뚝 끊어다가 솥에 넣고 삶아 먹었나

신작로 가 방앗간은, 시도 때도 없이 고추를 빻고 깨를 짜러 찾아
온 사람들로 북적거렸다. 멀리 자부리에서도, 요광리에서도, 비례
리에서도, 행경에서도, 성당리에서도, 매새기에서도 방앗간을 찾아
온다고 했다. 그렇지만 나는 자부리가 어딘지, 요광리와 비례리는
어딘지, 성당리는 또 어딘지 알지 못했다. 사람들이 느려터지기만
한 경운기를 몰고 찾아오는 것을 보면, 읍내보다 멀지 않은 곳이
리라.

방앗간 할머니는 달랑 왼팔뿐인 외팔이였다. 방앗간 기계를 돌리
다가 오른팔이 피대에 빨려들어가 잘려나갔다고 했다. 꾸물꾸물하
거나 비가 궁상맞게 내리는 날이면 방앗간 할머니는 산통이라도 앓
듯, 마을이 떠나가도록 신음 소리를 내뱉었다.

"아이구 내 팔이야…… 내 성하던 팔이 어디로 가버렸누? 동화

가 훔쳐갔나……? 내 팔을 뚝 끊어다가 솥에 넣고 삶아 묵었나……?"

방앗간 할머니가 굵게 쌍꺼풀진 눈을 내리뜨고 나를 바라볼 적마다, 나는 그녀가 외팔이 신세가 된 것이 내 탓인 양 눈치가 보였다.

"동화가 안 훔쳐갔으믄 누가 훔쳐갔누?"

"……?"

"짐승 겉은 방앗간 기계들이 훔쳐갔누? 짐승이 별건가? 멀쩡한 사람 팔을 잡아먹으믄 짐승이지……"

방앗간 할머니는 그러고는 끄응끄응 신음 소리를 후렴처럼 넣어 가며, 끝도 없이 이어지는 무시무시한 이야기를 내게 들려주었다.

"새끼를 밴 돼지가 동화 너만 헌 머슴애의 불알을 똑 따먹은 이야기를 아누? 불알을 똑 따먹어 고자가 되지 않았겠누?"

나는 기이하고 무서웠지만, 그녀가 들려주는 이야기들에 홀딱 사로잡히고는 했다.

마을의 육손이던 처녀가 매새기에 사는 봉사한테 시집을 갔다는 이야기도, 옥천 할마가 시커먼 석유를 한 사발 들이마시고는 회를 한 대야나 싸질렀다는 이야기도, 윗마을 큰 오 씨네서 구렁이를 한 마리 솥에 넣고 밤새도록 삶았는데 솥뚜껑을 열어 보니 건더기 하나 없는 맹물이었다는 이야기도, 알고 보니 그 구렁이가 작은 오 씨네 솥에 들어 있었더라는 이야기도……

그녀의 오른팔을 짐승처럼 먹어치웠다는 기계들은, 무시무시하게 크고 검었으며 비린 쇠냄새를 풍겼다. 기계들은 거대한 혁대처럼 생긴 피대로 연결되어 있었는데, 쌀과 고추와 깨가 빻아지는 내내 뱅글뱅글 돌아가며 치익치익 차차차차 칙칙칙칙 소리를 내질렀다. 방앗간 기계들이 일제히 돌아가기라도 하면, 방앗간 지붕에 겹겹으로 엎어놓은 양철지붕은 요란한 소리를 내지르며 뒤흔들렸다. 마을의 집들과 논밭, 신작로도 지진에 든 듯 흔들렸다.

나는 종종 방앗간에 숨어들고는 했다.

방앗간 공기 중에 떠도는 매캐한 고춧가루 냄새와 텁텁한 쌀겨 냄새, 기계들이 풍기는 쇠냄새는 미묘하게 뒤엉켜 나를 사로잡았다. 방앗간 지붕은 끝도 없이 높았는데, 양철지붕 새로 빛이 스며들어오기라도 하면 기계들은 허공에 붕 뜬 듯 보였다.

"커다란 쥐새끼가 한 마리 숨어들었구나. 뭘 훔쳐 먹겠다구 숨어들었누?"

방앗간 할머니는 방앗간 기계들 사이에 웅크리고 있는 나를 보면, 질색을 하며 방앗간 밖으로 내쫓았다.

"태식아, 싸게 와 쥐새끼 좀 잡아가거라."

그녀에게는 아들이 있었는데, 나는 그를 태식 삼촌이라고 불렀다. 그는 마을에서 유일한 총각으로, 방앗간 일을 거들고 돼지를 키우며 고분고분 살아가고 있었다. 장가를 못 가서인가, 방앗간 할머니는 다 큰 아들을 샐쭉이 바라보며 땅이 꺼져라 한숨을 내쉬고는 했다.

　"사지 멀쩡한 놈이 어째 장가를 못 가는가 모르겄다. 세상 처녀들 눈깔이 다 삐었는가. 내가 처녀 적만 혀도 방앗간으로 시집을 간다고 허믄 잘 간다는 소릴 듣지 않았겠누? 내가 처녀 적만 혀도……"

　두부보다 순하고 물러 터졌다는 태식 삼촌은, 그저 실없이 웃으며 머리만 긁적였다.

　"올가을에는 돈을 주구 처녀를 사는 한이 있더라두 장가를 보내야지."

엄마는 식모였다

방앗간 기계들이 돌아가지 않는 날, 나는 인숙과 미정을 꼬드겨 방앗간에 숨어들었다. 숨바꼭질놀이를 하기 위해서였다. 숨을 곳 천지인 방앗간은 숨바꼭질놀이를 하기에 더없이 좋은 장소였다. 우리는 가위바위보로 술래를 정했다. 보자기를 낸 인숙이 술래가 되었다. 인숙은 보자기밖에 낼 줄 몰랐다.

"꼭꼭 숨어라, 머리카락 보일라."

인숙은 방앗간 할머니가 듣기라도 할까 봐 목소리를 조그맣게 죽이고 말했다. 나와 미정인 살금살금 발을 내디뎌 숨을 곳을 찾았다.

"꼭꼭 숨어라, 머리카락 보일라."

나는 나팔꽃처럼 활짝 벌어진 기계 속으로 들어가 웅크리고 누웠다. 고춧가루를 빻는 기계인지, 기계에서는 재채기가 나도록 매운 고춧가루 냄새가 났다. 나는 코와 입을 손으로 꼭 감싸 쥐고 크으크

윽 재채기를 했다. 방앗간 공기 중에 부옇게 떠돌던 쌀겨 먼지와 고
춧가루가 입속으로 스며들어, 입속 그득 고여 있던 침과 뒤엉켰다.

"꼭꼭 숨어라, 머리카락 보일라."

겁에 질린 인숙의 목소리가 공기 중에 아련히 메아리쳐 울렸다.
지붕에 겹겹으로 얹은 양철판들 틈으로, 차갑고 눈부신 빛이 새어
들었다. 인숙은 방앗간 할머니의 잘려나간 오른팔이 유령처럼 방앗
간을 떠돈다고 했다. 방앗간에 숨어든 아이들을 잡아먹기도 한다고
했다. 갈퀴 같은 손가락들을 벌려서는 머리카락을 잡아채 삼켜버린
다고……

"꼭꼭 숨어라, 머리카락 보일라."

나는 인숙이 날 어서 찾아내기를 바라기도 했고, 영영 찾아내지
못하기를 바라기도 했다.

"꼭꼭 숨어라…… 머리카락 보일라."

불어터진 밥알만 같은 거미 한 마리가, 빛을 받으며 내 이마를 향
해 슬금슬금 내려왔다. 거미줄이 금방이라도 끊어질 듯, 끊어질 듯
아슬아슬하게 빛 속에서 흔들렸다. 방앗간 양철지붕이 별안간 무너
지기라도 할 듯 뒤흔들리더니 참새 떼가 극성스럽게 울어댔다.

"휘이— 휘이—!"

참새 떼를 쫓는 방앗간 할머니의 목소리가 아득하게 들려왔다.
방앗간은 쥐뿐만 아니라, 참새들로 들끓었다. 참새 떼가 방앗간을
향해 몰려오면 방앗간 할머니는 왼팔을 허공으로 번쩍 들어올려 깃
발처럼 흔들어댔다. "휘이— 휘이—!" 소리를 질러댔다. 하지만 그

녀가 아무리 소리를 질러대도, 태식 삼촌이 죽어라고 돌멩이를 던
져대도 참새 떼는 극성스럽게 몰려와서는 방앗간 양철지붕 위에,
방앗간을 무너뜨리기라도 할 듯 내려앉았다.

"꼬옥 꼭 숨어라…… 머리카락 보일라……"
인숙의 목소리가 멀어지며, 나는 자꾸만 눈꺼풀이 감겼다.
"꼬옥…… 꼭…… 숨…… 어…… 라……"

엄마는 내게 숨바꼭질을 하자고 해놓고는 도망을 갔다. 내게 꼭
꼭 숨으라고 해놓고는. 파란 비키니옷장 속에 숨어든 날 찾을 생각
도 않고 도망을 가버렸다. 비키니옷장 안에 걸어놓은 옷들이 너울
너울 춤을 추어대며 내 목과 팔다리를 친친 조여오는데도, 겁에 질
린 내가 발악을 하듯 소릴 질러대는데도, 나를 비키니옷장에서 꺼
내줄 생각도 않고 도망을 가버렸다.
술래가 나였나?
엄마가 아니라 나였나?
그래서 엄마는 그렇게 꼭꼭 숨어버린 게 아닌가?
나는 눈을 꼭 감고, 아버지를 따라 떠나온 서울의 단칸방을 떠올
려보았다. 부엌이 딸렸던 단칸방 그 어딘가 엄마가 숨어들었을 만
한 곳을…… 혹시 빨간 다라이 속에 숨었나? 이불을 빨거나 목욕
을 할 때나 쓰던 커다랗고 빨간 다라이 속에? 언젠가 내가 그랬던
것처럼, 엄마는 빨간 다라이를 뒤집어쓰고는 어서어서 찾아주기만
을 기다리고 있는 것은 아닐까?

단칸방을 떠올려서인가, 팍팍한 고구마를 먹다 멘 것처럼 목구멍
이 막혀왔다. 부서진 찬장과 밥상, 부엌 시멘트바닥에 널브러진 그
릇들, 깨진 화장품들과 찢어진 옷가지들이 떠올라서였다. 깨진 유
리병에서 흘러나와 노란 장판지에 끈적끈적하게 달라붙던 영양크림
도. 엄마가 도망갈 즈음, 아버지는 날마다 살림을 부수고 엄마를 때
렸다. 옆방에 살던 아줌마는 엄마가 춤바람이 나서라고 했다. 춤바
람이 난 여편네를 어느 사내놈이 마냥 내버려두겠냐고……

사람들은 엄마를 미친년이라고 독한 년이라고 손가락질하지만,
나는 엄마를 생각하면 눈가가 불에라도 덴 것처럼 화끈거렸다. 너
무 화끈거려서 눈물이라도 왈칵 쏟지 않으면 안 될 것 같은 생각이
들 만큼. 눈물로라도 눈가를 축축이 적셔주지 않으면 안 될 것 같
은…… 그것은 아마도 엄마가 내게 들려준 엄마의 처녀 적 이야기
를 내가 고스란히 기억하고 있기 때문일 것이다.

엄마가 내게 들려준, 엄마의 이야기……

엄마는 밤마다 나를 잠재우며 기도라도 하듯, 그녀의 이야기를
들려주곤 했다. 일기라도 쓰듯, 차곡차곡, 손으로는 내 가슴을 토닥
토닥 두드리면서도 멍하니 천장을 바라고 앉아서, 점점 꺼져가는
연탄불을 언제 갈아야 하나 걱정을 해가며, 골목에서 뚜벅뚜벅 발
소리가 들려오기라도 하면 아버지의 발소리가 아닌가 귀를 기울여
가며……

"열다섯 살에 식모를 살러 서울로 올라왔지. 처음 식모를 살았던
집은 면사포처럼 흰 이층집이었어. 식모를 살러 왔으면서도 이층집

을 본 게 생전 처음이라서 그런가…… 얼마나 설레던지…… 그 집
에서 살 생각을 하니까 가슴이 막 뛰더라…… 주인남자는 건설회
사에 다녔는데 안경을 쓰고 머리가 조금 벗겨진 남자였어. 그 남자
를 생각하면 소파에 앉아 신문을 읽던 모습이 생각나. 커피를 마시
며 신문을 읽던 모습이 얼마나 멋있던지. 그런 남자와 결혼해 아기
를 낳고 이층집에서 아옹다옹 사는 상상을 밤마다 했지…… 주인
여자는 나보다 열 살밖에 더 안 먹은 여자였어. 내 둘째 언니하고
나이가 같았지. 그 이층집만큼이나 손과 발이 희고 깨끗한 여자였
어. 어찌나 그 여자처럼 살고 싶었던지 그 집에 나 혼자 있을 때면
장롱에서 그 여자 옷을 몰래 꺼내 입고는 했어…… 안방에 들어가
서는 장롱을 열고 그 여자의 옷을 꺼내서 입고는 그 여자처럼……
난 그 여자가 되고 싶었단다…… 그 여자의 옷들도 구두들도 화장
품들도…… 그 여자의 아기도 다 훔쳐서 내 것으로 만들고 싶었
어…… 한번인가는 그 여자의 화장품을 몰래 발랐다가 그 여자한
테 들켜서 얼마나 창피를 당했는지 몰라. 쥐구멍이라도 있으면 숨
고 싶었지. 그 집에 오래된 식모할머니가 있었는데 어찌나 날 구박
하는지 하루가 멀다 하고 내 머리끄덩이를 잡아 흔들며 도둑년이라
고 마구 욕을 해대는 거야. 내가 훔친 것도 없는데 하도 도둑년 취
급을 하기에 주인여자의 금목걸이를 훔쳐 가지고 도망을 나왔지.
식모살이밖에는 할 줄 아는 게 없어서 다른 집에 또 식모로 들어갔
는데, 주인남자가 날 너무 괴롭히는 거야…… 환갑도 넘은 주인남
자가 나한테…… 그래서 또 도망을 나왔어…… 안 되겠다 싶어 기

술을 배울 작정으로 미용실에 취직을 했어…… 그 미용실 주인여자의 소개로 네 아빠를 만났단다……”

비라도 내리는 날이면 엄마의 이야기는 끝도 없이, 라디오를 틀어놓은 것처럼 이어졌다. 아버지가 술이 얼근해서는 공사판에서 돌아올 때까지. 자신의 이야기에 너무 빠져 있어서일까? 엄마는 연탄불을 자주 꺼뜨렸다.

“네 아빠를 만난 게 열아홉 살 때였어. 네 아빠는 그때 스물네 살이었는데, 무작정 서울에 올라와서는 친척집에 얹혀살고 있었어. 그 친척집도 방이 달랑 한 칸뿐이라 낮에는 이리저리 일자리를 알아보러 다니다가 밤이 되어서나 들어가서는 다락으로 기어올라가 잠을 잔다고 했어. 다락이 얼마나 좁은지 칼처럼 모로 누워서밖에는 잘 수가 없다고…… 생전 처음 만난 나한테 다 털어놓는 거야. 자신은 배운 것도 가진 돈도 없는 사람이니 싫으면 그냥 가버리라고…… 말은 그렇게 하면서도 내가 가버릴까 봐 두려워하는 것 같아서 갈 수가 없었어…… 만난 지 넉 달 만에 방을 얻어 살림을 차렸지. 엄마가 그 이층집에서 훔쳐온 금목걸이를 팔아서 사글세방을 얻었단다. 네 아빠가 너무 불쌍해 보여서…… 그래서 네 아빠와 살기로 마음을 먹은 거야…… 나라도 같이 살아주기로…… 네 아빠가 내 큰오빠를 닮아서…… 내 큰오빠를…… 그래서 나라도 같이 살아주려고……”

엄마는 아빠와 만나서 살게 된 이야기를 들려줄 때마다 꼭 엄마의 큰오빠 이야기를 꺼냈다. 엄마의 큰오빠…… 큰외삼촌……

"큰오빠는 만날 전쟁터든 어디든 가서 돈을 벌 거라고 했어. 돈을 아주 많이 벌어서 집안도 살리고 동생들도 다 살리겠다고 했지…… 죽으러 남의 나라 전쟁터에 가겠다는데도 아무도 말리지 못했어…… 사는 게 다들 너무 힘드니까…… 그렇게라도 누군가의 희생이 필요했던 거야…… 그렇게 다 살려놓겠다고 해놓고는 월남전에 가서는 돌아오지 않았어…… 꼭 살아서 돌아오겠다고 해놓고는…… 어떻게든 살아서…… 동생들도 살리고 집안도 일으키겠다고 해놓고는…… 네 아빠를 처음 봤을 때 큰오빠가 살아서 돌아온 줄 알았어…… 전쟁터에서 개처럼 죽었을 내 큰오빠처럼 불쌍해서 네 아빠와 살림을 차리고 살았지……"

나는 그런 이야기들을 하도 들어서 다 외워버렸다. 그때 엄마는 어린 나밖에는 자신의 이야기를 털어놓을 사람이 없었던 게 아닐까. 예닐곱 살밖에 안 먹은 나밖에는……

"불쌍한 사람과는 부부가 되는 게 아니야……"

그 말을 할 때만큼은 엄마는 나를 빤히 바라보았다. 나는 그러면 엄마를 향해 고개를 두어 번 끄덕여주었다. 그렇게 해야만 엄마가 안심을 할 것 같아서였다.

"넉 달을 살았을까…… 네 아빠한테서 도망쳐야겠다고 마음먹었지…… 네 아빠하고 밤에 이불 속에 누워 있으면 죽은 큰오빠하고 누워 있는 것만 같아서…… 네 아빠가 벌어다 주는 돈도 싫었어…… 너무 힘들게 벌어다 주는 돈이라서 마음대로 쓸 수가 없었지…… 어렵게 고생고생 해서 벌어다 주는 돈이라서…… 네 아빠가 벌어다 준 돈으로는 화장품도 못 사겠고 옷도 못 사 입겠어서…… 네 아빠가 벌어다 주는 돈으로는 두부 한 모도 맘껏 살 수가 없어서…… 네 아빠로부터 도망을 가려고 했는데 불행하게도 네가 생긴 거야…… 네가…… 네가……”

내가 생기지 않았다면 엄마는 그때 도망을 갔을까. 훨씬 더 오래전에 아빠를 버렸을까.

엄마가 도망을 가버려서 아버지는 더 불쌍한 사람이 되었다. 나는 월남전에서 죽었다던 엄마의 큰오빠를 사진으로밖에는 본 적이 없었다. 큰외삼촌이 월남전에서 부쳐온 사진이라고 했다. 사진 속 큰외삼촌은 정말로 아버지와 닮아 보였다.

웃고 있는데도 울고 있는 것처럼 보이는 아버지의 얼굴과 꼭……

깜박 잠이 들었던 걸까.

내가 한기를 느끼며 잠에서 깨어났을 때 인숙과 미정은 가버리고 없었다. 양철판들 틈으로 새어들던 빛은 사라지고, 거미줄이 얼키설키 뜨개처럼 얽혀, 내가 숨어든 기계를 뒤덮고 있었다.

천년만년 재수가 없지 뭐야……

나는 중얼거리며 알 수 없는 두려움에 울먹거렸다.

천년만년……

나는 울먹거리다가 지쳐서는 거미줄을 잔뜩 뒤집어쓰고 방앗간을 나왔다.

“에그그, 종일 코빼기도 안 보이더니 몰골이 그게 뭐냐?”

할머니는 싸리비로 거미줄을 쓸어냈다. 싸리비가 할퀴기라도 하듯 내 머리며 등짝을 쓸었다.

나는 또 인숙의 얼굴을 할퀴었다. 마늘독이 올라 독해질 대로 독해져서인지 내 손톱들은 인숙의 얼굴만 보면 할퀴어놓으려고 했다. 인숙의 순하고 멀건 얼굴을 보면 나는 마냥 부아가 났다.

마늘을 까다 말고 나는 문득 고개를 들고 사방을 둘러보았다.

'도망을 가려고 했는데 불행하게도 네가 생긴 거야…… 네가……'

어디선가 원망이 담긴 엄마의 목소리가 들려오는 것만 같아서였다. 나는 양철대문 쪽을 물끄러미 바라보다가 까다 만 마늘을 마저 깠다. 마늘은 작고 메말라 껍질이 잘 까지지 않았다. 손톱이 아리도록 껍질을 겨우겨우 벗겨냈더니, 검게 썩은 알맹이가 툭 튀어나왔다.

검게 썩은……

도망을 가기 전날 밤, 검정 매니큐어를 칠한 엄마의 손톱들처럼 검게…… 엄마는 아버지와 싸우고 나면 손톱마다 검정 매니큐어를 칠했다.

그런데 자꾸만 썩은 마늘이 나왔다.

자꾸만, 자꾸만.

검정 매니큐어를 칠한 엄마의 손톱이……

장대 아저씨

내가 자꾸만 얼굴을 할퀴어서인가, 어제도 엊그저께도 인숙은 날 찾아오지 않았다. 날마다 찾아와서는 양철대문에 매달려 내 이름을 그리도 불러대더니만. 그 애가 찾아오지 않아 나는 몹시 심심했다. 하기는, 나와 놀지 않아도 그 애는 놀 사람이 많았다. 그 애는 엄마도 있고, 아버지도 할아버지도 있었다. 그 애의 아버지는 소도 두 마리나 먹이고, 해마다 고추농사와 마늘농사도 크게 짓는다고 했다. 그 애에게는 언니도 세 명이나 있었는데, 셋 다 도회지로 나가 여상(女商)에 다닌다고 했다. 그 애가 그러는데 여상은 다 큰 언니들이 다니는 학교라고 했다. 그 애는 자신도 크면 언니들처럼 도회지로 나가 여상에 다니게 될 거라고 했다.

그 애의 집을 찾아가려면 담배밭을 지나가야만 했다.

나는 담배밭을 지나가는 것이 싫었다. 황량하기만 한 담배밭을 지날 때마다 어쩔 수 없이, 장대 아저씨를 봐야만 했기 때문이었다. 귀마개가 달린 누런 벙거지를 눌러쓰고, 담배밭 한복판에 흐린 전봇대처럼 꼼짝 않고 서 있는 장대 아저씨를……

그는 지랄병을 앓았다. 지랄병을 앓아서인가, 그는 뼈가 없는 사람처럼 흐늘거리고, 회칠을 한 듯 얼굴이 창백했다. 두 눈동자의 초점이 불안하고 흐릿하기만 했다. 인숙과 내가 손을 맞잡고 담배밭을 지나갈 때면 우리를 향해, 오늘이 며칠인가, 초여드레인가 초아흐레인가 뜬금없이 묻곤 하였다. 그때마다 인숙은 그가 쫓아오기라도 할까 봐 못 들은 척 걸음을 빨리하며 내 손을 잡아끌었다.

그는 담배농사를 지으며, 담배밭 한쪽에 나무판자로 지어놓은 집에서 혼자 살았다. 폐비닐로 친친 감아놓은 그 집을 마을 사람들은 움막집이라고 불렀다. 움막집 뒤쪽으로는 황토로 지은 황초굴이 담쟁이덩굴에 뒤덮여 하마하마 무너질 듯 쓸쓸히 서 있었다.

"지랄병이 보통 병인가. 성한 사람을 아예 상병신으로 만들어버린다. 상병신으로……"

방앗간 할머니 말로는, 오 년 전인가, 그는 지랄병인 걸 감쪽같이 속이고 장가를 갔었다고 했다. 장가를 간 지 반 년 만에 색시가 도망을 가버렸다고 했다. 그 뒤로 그는 마을 사람들과 섞이지 않고 죽어라고 담배농사만 지으며, 죄인처럼, 마을 어디에도 없는 사람처럼 살아가고 있다고 했다.

나는 그가 지랄하는 걸 한 번도 본 적이 없었지만, 인숙은 열 번도 넘게 보았다고 했다. 입으로 거품을 뿜으며 쓰러져서는 땅바닥을 북북 기어다닌다고 했다.

"농약을 먹구 죽으려는 걸 구대 아저씨가 두 번이나 살려냈대."

그 애는, 장대 아저씨에 대해 모르는 것이 없는 것처럼 말했다.

"구대 아저씨?"

"장대 아저씨의 형이여."

"……"

"장대 아저씨가 뼈 빠지게 담배농사를 지어놓으믄 구대 아저씨가 싹 다 가져간다나벼. 담배를 팔아 번 돈을 장대 아저씨한테는 한 푼도 안 내준다지 뭐여. 굶어죽지 않게 쌀하구 김치만 조금씩 들여놔준대. 우리 엄마가 그러는데, 돈 앞에서는 부모형제가 호랑이보다 더 무섭대."

그 애는 어른처럼 말했다.

"글쎄…… 구대 아저씨가 담뱃잎을 팔아 번 돈을 읍내 다방 여자한테 홀려서는 싹 다 날린 적도 있대."

그 애는 누가 듣기라도 할까 봐 목소리를 잔뜩 죽이고 말했다.

지랄병은 내가 아는 병 중에서 가장 희한하고 무서운 병이었다. 골방 할아버지가 앓는 중풍인가 하는 병보다도, 외할아버지가 앓았다던 폐병보다도, 곰보딱지가 된다는 마마보다도 괴상하고 무섭기만 한 병이었다.

담배밭을 지나던 나는, 담배밭 한쪽에 우두커니 서 있는 장대 아저씨를 보고 소스라치게 놀랐다. 그를 그만 아버지로 착각해서였다. 아버지가 돌아와 담배밭에 서 있는 줄로만.

“얘야……”

그가 나를 부르는 소리가 멀고도 아득히 들려왔다.

“오늘이 초여드레냐 초아흐레냐……”

나는 못 들은 척 걸음을 빨리했다.

“오늘이……”

나는 그가 지랄을 하며 쓰러지기라도 할까 봐 인숙의 집까지 냅
다 뛰어갔다. 헌데 오늘이 초여드레인가 초아흐레인가?

오늘이……

금은보화보다 귀한 것

"양인숙!"

내가 아무리 악을 쓰고 불러도 인숙은 코빼기도 내밀지 않았다.

"동화구나."

인숙 엄마가 마지못한다는 듯 부엌에서 고개를 내밀었다. 인숙 엄마만 보면 나는 어쩔 수 없이 엄마가 떠올랐다. 자꾸만 엄마를 떠올리게 해서, 나는 인숙 엄마가 싫었다. 그 아줌마는 내 엄마처럼 도망을 가지 않아서…… 나는 인숙 엄마도 내 엄마처럼, 인숙을 버리고 도망을 갔으면 하고 바랐다. 그렇지만 나는 어쩐지 인숙 엄마는 절대로 도망을 가지 않을 것만 같은 생각이 들었다.

인숙은 엄마가 도망을 가지 않았는데도 불평이 많았다.

"우리 엄마는 만날 일만 혀."

그 애는 자신의 엄마가 죽어라고 일만 하는 게 가장 불만이었다.

“소처럼 일만 혀.”

“소처럼?”

“엄마가 소띠라서 그렇다는디.”

“소띠?”

“하필이믄 소띠 해에 태어나서 소 팔자를 타고 났다는디. 그려서 만날 죽어라고 일만 혀야 한다는디.”

그러고 보니 인숙 엄마는 커다란 눈을 끔벅끔벅하는 게 소를 닮았다.

“동화 네가 우리 인숙이 얼굴에 상처를 냈나?”

“……”

“멀쩡한 얼굴에 상처를 내믄 쓰냐?”

“……”

“사람 얼굴에는 함부로 상처를 내는 게 아니다.”

“……”

“세상에 사람 얼굴만큼 귀하구 신성한 것이 있는 줄 아냐!”

인숙 엄마가 부드러운 목소리로 타이르듯 나를 달랬다.

“금은보화보다 귀한 게 사람 얼굴이다.”

“금은보화요?”

나는 새침하게 물으며 인숙 엄마를 노려보았다.

“그렇게 노려보다가는 사팔뜨기가 되겠다.”

“남이야 사팔뜨기가 되든 말든 뭔 참견이래요?”

“어린 게 벌써부텀 그렇게 독혀서 쓰겄나?”

“……”

“그렇잖아도 살다 보믄 지절로 독혀지게 되어 있는디……”

나는 독하다는 소리가 듣기 싫어, 인숙 엄마의 말이 끝나기도 전에 할머니의 집을 향해 뛰었다.

귀하고 신성한 것……?

나는 할머니의 집 마루 기둥에 걸린 거울을 빤히 들여다보며 중얼거렸다. 거울은 흐려터졌음에도, 내 얼굴을 까바치듯 비추어내었다. 트고 갈라진 데다, 허연 버짐까지 번진 얼굴을…… 인중 가까이, 죽은 벌레처럼 달라붙어 있는 흉터까지도.

그럼…… 내 얼굴도?

내 얼굴도 금은보화보다 귀한가……?

나는 뒤미쳐서야 인숙 엄마에게 물어보고 싶었다. 곰보 얼굴도 귀하냐고, 문둥이 얼굴도 귀하냐고, 눈코입이 비뚤어진 얼굴도 귀하냐고, 독기 어린 내 얼굴도 귀하고 귀하냐고, 꼭 좀 물어보고 싶었다.

‘흥, 남이야 사팔뜨기가 되든 말든!’

나는 거울 속 여자아이를 매섭게 노려보다가, 기어이는 퉤 하고 침까지 뱉었다.

여섯 밤이 지나서야, 나는 뜬금없이 할머니에게 물었다.

“내 얼굴이 금은보화보다 귀한가?”

“망할 년, 뭔 쓰잘 데 없는 소리냐?”

할머니가 퉁 내쏘고는 광으로 가 마늘을 한 소쿠리나 꺼내 왔다. 도대체 그 많은 마늘이 할머니는 다 어디서 나는 걸까? 할머니는 밤마다 마른똥을 누듯 똥구멍으로 마늘을 누어대기라도 하는 걸까?

내가 뱉은 침은 그때까지도 거울에 악착같이 달라붙어 있었다. 걸레로 침을 슬쩍 훔쳐냈지만, 침 자국은 좀체 지워지지 않았다.

옥천 할마

신작로를 사이에 두고 방앗간 건너에는 추부이발관과 옥천가게
가, 납작 엎드려 있었다.

옥천가게는 마을에 오직 하나밖에 없는 가게였다. 양철로 짠 네
짝 미닫이문 안에는 라면과 과자, 소주와 잡동사니들이 먼지를 켜
켜이 뒤집어쓰고 차곡차곡 쌓여 있었다. 옥천가게 주인은 백 살이
다 되어간다는 호호백발이었는데, 마을 사람들은 그녀를 옥천 할마
라고 불렀다.

옥천 할마는 보리와 누룩으로 막걸리를 담아 팔기도 했다. 마을
할아버지들이 벌건 대낮부터 옥천가게 앞 들마루에 둘러앉아, 쉬어
터진 김치쪼가리나 짭짜래한 과자부스러기, 콩기름에 시커멓도록
지진 두부를 놓고 막걸리를 마시는 광경을 나는 질리도록 볼 수 있
었다. 마을 할아버지들은 하나같이 불쏘시개처럼 마르고, 담배 냄

새에 찌들었으며, 수전증에라도 걸린 듯 손을 덜덜 떨었다.

막걸리나 쑤고, 때 전 동전이나 세는 옥천 할마를 마을 사람들은 두려워했다. 그것은 아마도 천하를 호령할 듯한 그녀의 풍모 때문인 듯싶었다. 그녀의 풍모는 방앗간 할머니보다 위엄 있고 당당했던 것이다. 게다가 그녀는 마을에서 가장 오래 산 사람이었다. 죽을 날밖에는 기다리는 게 없다는 골방 할아버지보다도, 폭삭 늙어 어린아이처럼 쪼그라든 인숙의 할아버지보다도 훨씬 오래 살았다고 했다.

할머니는 내게 종종 옥천가게에 가서 막걸리를 받아오라는 심부름을 시켰다. 나는 옥천가게에 가는 것이 마냥 신나 군말도 없이, 내 머리통만 한 양은주전자를 챙겨 들고 옥천가게로 달려갔다. 옥천 할마는 바위처럼 앉아 나를 물끄러미 바라보다가, 양은주전자가 넘치도록 막걸리를 퍼 담은 뒤, 과자부스러기를 한 움큼 쥐여주고는 했다. 할아버지들이 안줏감으로 먹다 남긴 과자부스러기는 막걸리가 묻어 눅눅하기 일쑤였다. 막걸리가 묻어 눅눅해도, 담뱃재나 개미가 달라붙어 있어도, 나는 냉큼 받아서는 입속에 넣고 아껴가며 녹여 먹었다.

"막걸리를 반 주전자만 받아와라."

할머니가 부엌에서 양은주전자를 들고 나와 내 손에 쥐여주었다.

"외상으로 달란다구 혀라. 돌아오는 장날 깨를 팔믄 갚는다구 혀라."

나는 할머니의 말이 끝나기가 무섭게 양은주전자를 달랑달랑 흔들며 옥천가게로 달려갔다.

옥천 할마는 두터운 쑥색 조끼를 입고, 탑처럼 쌓아올린 라면 더미들 속에 앉아 있었다. 쑥색 조끼에 달린 검정 단추들이 허기진 짐승의 눈깔처럼 나를 향해 희번덕거렸다. 북향이라 대낮에도 어두컴컴하기만 한 옥천가게 안은 막걸리가 익으며 풍기는 시큼하고 단 냄새로 들끓었다.

"막걸리를 반 주전자만 달래요. 외상으로 달래요. 깨를 팔면 갚는대요."

그녀가 백내장에 걸려 계란 흰자처럼 희멀겋게 풀어진 오른쪽 눈을 끔벅거렸다.

"허, 깨를 팔면?"

그녀의 말은 구더기가 기어가듯 느리면서도, 메아리가 치듯 울렸다.

"돌아오는 장날 깨를 팔면 갚겠대요…… 깨를 팔면……"

늘 바락바락 독이 서려 있는 내 목소리는 옥천 할마 앞에서 자신 없이 기어들어갔다. 그녀는 나를 향해 오른쪽 눈만 끔벅일 뿐 꿈쩍을 하지 않았다. 나는 자꾸만 그녀가 산 사람이 아니라 죽은 사람처럼만 생각되었다.

"할머니는 죽은 사람이에요?"

나는 마침내 참지 못하고 불쑥 물었다.

"무어라?"

그녀가 밀가루풀을 바른 듯 희디흰 눈썹을 치켜올리며 내 쪽으로 고개를 내밀었다.

"죽은 사람이라……?"

"……?"

"허허, 신통타…… 신통해…… 머리에 피도 안 마른 어린것이 용케도 내가 죽은 사람인 걸 알아보는구나."

그녀가 천둥 같은 방귀를 풍 뀌고는, 나를 굽어보았다. 나는 깜짝 놀라기는 했지만, 그녀가 정말로 죽은 사람이라는 사실에 몹시도 긴장이 되어 심장이 터져버릴 것만 같았다.

"애야, 나는 죽어도 골백번은 죽은 사람이란다."

그녀의 목소리가 가게 안에 쩌렁쩌렁 울렸다.

"골백번이요?"

"나는 죽어도 수백 번은 죽은 사람이지."

"죽은 사람이 어떻게 또 죽어요?"

나는 독 오른 손톱이 간지러워 이빨로 질근질근 물어뜯으며 물었다. 비록 일곱 살이었지만 나는 죽은 사람이 또 죽을 수는 없다는 것쯤은 알고 있었다. 한 번 죽으면 그것으로 끝장이라는 것을 말이다. '한 번 죽으면 끝장인 인생, 나는 아등바등 살고 싶지 않아. 한 평생을 연탄 한 장 값이 아까워서 벌벌 떨면서……' 도망을 가기 전 엄마가 아버지한테 그렇게 대들고는 했던 것이다.

"사람은 원래가 죽고 태어나기를 끝도 없이 거듭한단다."

"거듭, 이요……?"

"죽고 태어나고, 또 죽고 태어나고, 또 죽고 태어나고……"

죽는다고 다 끝이 아니라는 말인가?

“그래, 어리디어린 네 눈에는 내가 전생에 무엇이었을 것 같으냐?”

나는 전생이라는 말이 무슨 말인지 몰라 그저 눈을 동그랗게 떴다.

“나는 전생에 북쪽 대륙 나라의 황후였단다.”

“전생이 뭔데요?”

“사람에게는 다 전생이 있는 법이지. 전생이란 이 세상에 태어나기 전의 생애를 말한단다.”

“생애……요……?”

“한평생 말이다. 태어나서 죽을 때까지……”

그녀는 그러고는 또 방귀를 풍 뀌었다.

“어린 네게도 실은 헤아릴 수 없이 많은 전생이 있단다.”

“나한테도요?”

“하물며 개, 돼지한테도, 밟기만 해도 죽는 지렁이한테도 전생이 있는 법이거늘 사람 몰골로 태어난 너한테 전생이 없을까.”

나는 전생이라는 것이, 세상에 태어나기 전 내게 또 다른 생애가 있었다는 것이, 그저 낯설고 신기하기만 했다. 엄마는 죽으면 다 끝장이라고만 했을 뿐, 전생이 있다는 것도, 죽은 뒤 또다시 태어날 수 있다는 것도, 죽고 태어나기를 거듭한다는 것도, 알려주지 않았던 것이다.

“나는 근본이 천한 계집들의 시기심과 모략으로 흰 구렁이 같은 비단을 목에 친친 감고는 원통하고 애통하게 죽어야 했단다.”

그녀가 갑자기 손을 뻗더니, 나무기둥에 머리채처럼 주렁주렁 다
발로 매달아놓은 검정 고무줄을 서너 가닥 움켜잡았다. 나를 뚫어
져라 바라보며 그것을 스스로의 목에 친친 감아 보였다.

"그럼…… 할머니는 또 죽어요?"

나는 그녀가 하는 말이 새빨간 거짓말일지도 모른다고 의심하면
서도 순진한 척, 독이 싹 가신 목소리로 물었다.

"사람으로 태어났으니 때가 되면 또 죽어야 하지 않겠느냐……!"

그녀는 말끝에 땅이 꺼져라 탄식을 내질렀다.

"그래, 깨를 팔면 갚겠다고 했지?"

그녀가 몸을 일으키자 쑥색 조끼에 달린 검정 단추들이 불안하게
달랑거렸다.

"반 주전자만 달래요."

나는 비켜서며 그녀를 향해 냉큼 말했다. 그녀는 내가 내미는 양
은주전자를 받아 들고는, 요강 속처럼 움푹 꺼진 부엌 쪽으로 무릎
을 접듯이 구부리며 걸어갔다.

반도 더 차게 막걸리가 담긴 양은주전자를 쑥 내밀며 그녀가 내
게 물었다.

"그래, 너는 내가 한 말들을 믿을 수 있겠느냐?"

나는 어쩐지 황당하기만 한 그녀의 말이 그저 새빨간 거짓말만은
아닐지도 모른다는 생각이 들었다. 나는 눈을 빤히 뜨고는 주전자
를 받아 들며 고개를 끄덕였다.

"그래, 네 이름이 무어냐?"

"동화……요."

나는 누군가 내 이름을 물어보는 것이 싫었지만, 이상하게도 그녀가 물어보는 것은 조금도 싫지가 않았다.

"동화라……?"

"할아버지가 지어준 이름이래요."

나는 할아버지가 동화라는 내 이름을 토해놓고는 쓰러졌다는 말은 하지 않았다.

"동화라……? 겨울 동(冬) 자에 꽃 화(花) 자라 치면…… 엄동설후에 피어난 꽃이구나……!"

옥천 할마가 탄식하듯 중얼거렸다.

"엄, 엄동…… 설……?"

"눈이 내린 뒤의 몹쓸 추위를 엄동설후라 하지……"

그녀가 눈꺼풀을 조금 내리떴다.

"엄동설후……?"

엄동설후에 피어난 꽃……?

겨울에도 꽃이 피나? 눈 속에서도 얼어 죽지 않고 피어나는 꽃이 다 있나? 나는 중얼거리며 옥천가게를 나왔다.

그러고 보니 옥천 할마는 나한테 독한 년이라고 하지 않았다. 그리고 내게도 전생이라는 것이 있다고 했다. 할머니한테 욕을 바가지로 얻어먹으며 죽어라고 마늘을 까야 하는 지금과는 전혀 다른

생이…… 전생에 나는 뭐였을까? 옥천 할마가 전생에 황후였듯이, 나도 황후나 공주가 아니었을까? 얼굴이 밀가루를 바른 듯 하얗고, 눈동자가 눈깔사탕처럼 커다란 공주가 아니었을까?

나는 흥분이 되어서는 양은주전자를 달랑달랑 흔들며 신작로를 뛰듯이 걸었다. 보풀 천지의 쑥색 조끼가 아닌, 번쩍거리는 비단옷을 차려입고 천하를 굽어보는 옥천 할마의 모습을 나는 머릿속에 그려보았다. 양은주전자 주둥이에서 막걸리가 쿨럭쿨럭 쏟아졌다. 나는 문득 멈춰 서서 막걸리를 한 모금 마셔보았다. 막걸리는 떫으면서도 달짝지근하고, 콩죽처럼 걸쭉했다.

방앗간 할머니와 할머니는 육십 촉 전구 불빛 아래서 내가 외상으로 받아온 막걸리를 주거니 받거니 마셨다. 그녀들은 쉰 김치쪼가리를 안주로, 막걸리에 백설탕을 한 숟가락씩 타서 아껴가며 마셨다.

"옥천 할마가 저 꼴로 살아 있어두 옥천에서 뼈대 있기루 소문난 집안의 맏딸이었다지. 전주에서 알아주는 집안으로 시집을 갔었는데 석녀라 소생이 읎어 쫓겨났다지."

할머니는 신세타령이라도 하듯 중얼거렸다.

"것두 모다 팔자소관이 아니겠누."

할머니들은 마치 죽은 사람을 두고 이야기하듯 옥천 할마에 대한 이야기를 했다. 나는 뭔가, 할머니들의 입에서 흘러나오는 말들이, 옥천 할마의 입에서 흘러나오는 말과는 천지 차이라는 생각이 들었다. 옥천 할마가 내뱉는 한마디 한마디는, 그녀들로서는 도저히 범접 못할 기운과 품위, 이상야릇한 분위기가 넘쳐흘렀다.

할머니도, 방앗간 할머니도 옥천 할마가 죽어도 골백번은 죽은 사람이라는 것을 모르고 있었다. 전생에 비단옷을 입고 천하를 호령하던 북쪽 대륙 나라의 황후였다는 걸 까맣게도.

할머니들은 막걸리를 마셔 불그죽죽해진 얼굴로 마구 트림을 해댔다.

거울을 닦는 동안

이 세상에 거울보다 비밀스럽고 의뭉스러우며 위태로운 게 또 있을까?

거울을 들여다보며 엄마는 자주 울었다. 거울 속 자신의 얼굴을 들여다보며 소리도 없이 울었다. 목구멍 밖으로 터져 나오려는 소리를 꾹꾹 삼켜가며…… 꾹…… 꾸욱…… 아버지가 술에 취해서는 깨뜨려야만 했을 만큼, 엄마는 자주자주 거울에 매달려 울었다. 엄마는 산산이 깨진 거울 조각을 들여다보면서도 울었다. 거울 속 이마와 눈썹과 눈과 입이 잘리고 깨진 자신의 얼굴을 빤히 들여다보며……

할머니는 나한테 종종 거울을 닦으라고 시켰다.
"거울이 드러우면 오던 복도 달아나는 법이여."

마루 기둥에 대못을 박아 매달아놓은 거울은, 아무리 닦아도 백 랍을 칠해놓은 듯 흐려터지기만 했다. 머리가 핑 돌도록 입김을 후욱 후욱 불어넣으며 닦아도, 거울은 맑아질 기미를 보이지 않았다. 길쭉하고 네모난 거울은 옥천 할마의 백내장을 앓는 눈동자만큼이나 흐려터졌던 것이다. 할머니는 거울이 원체 흐려터진 것은 생각도 않고 만만한 나만 쥐 잡듯이 잡았다.

만만한 나만.

"개똥만도 못헌 년! 그깟 거울 하나 지대로 못 닦는구나."

그렇게 해서 나는 독할 뿐만 아니라 거울 하나도 제대로 못 닦는, 개똥보다도 못한 아이가 되었다. 흥, 천년만년 재수가 없지 뭐야…… 나는 할머니가 내게 욕지거리를 해댈 때마다 혀를 짓씹듯 속으로 그렇게 중얼거렸다.

거울은 흐려터질 뿐만 아니라, 형상을 우스꽝스럽게 일그러뜨려놓았다. 거울에만 가져다 대면 할머니의 얼굴도, 내 얼굴도, 요란번쩍하게 화장을 처바른 춘자 고모의 얼굴도 도깨비 얼굴처럼 울룩불룩 괴상망측해졌다.

거울과 괘종시계는 서로 마주보고 놓여 있었는데, 괘종시계가 데엥 데엥 울 때마다 거울은 주르륵 흘러내리기라도 하듯 흔들렸다. 거울 속 비뚤어지고 우굴쭈굴해진 괘종시계는, 사람의 형상처럼 보이기도 했다.

복장이 터질 만큼 흐려터져서일까.

나는 불현듯 거울 저 너머에 또 다른 세계가 있을 것만 같은 착각이 들었다. 기껏해야 내 얼굴 크기만 한 거울 속이 뒷산 저수지보다도 깊고 의뭉스럽게만 느껴졌던 것이다. 그리고 거울 저 너머에서도 꼭 나처럼 독하고 사나우며, 서러운 여자아이가 혀가 얼얼하도록 입김을 불어가며 거울을 닦고 있을 것만 같았다.

그런데 이상한 것은, 할머니의 집 거울만 흐려터진 게 아니라는 사실이었다. 방앗간 할머니의 자개 거울도, 옥천 할마의 막걸리 얼룩 범벅인 사각 거울도, 춘자 고모의 달걀처럼 둥근 손거울도, 인숙네 거울도, 미정네 거울도, 인자 아줌마네 거울들도 흐리멍덩했던 것이다. 심지어는 추부이발관의 큼직하고 네모난 거울들도 맑지를 못하고 얼룩덜룩 어렴풋했다.

마을 사람들은 그러니까, 몽롱하고 기괴하게 뭉개진, 금방이라도 저 멀리로 가라앉을 듯 어렴풋한, 그리고 삭아가는 오이지처럼 쭈글쭈글한 자신들의 얼굴을 아침저녁으로 증거하듯 들여다보며 살아가고 있었던 것이다.

나는 거울을 닦는 동안 마을 사람 전부가 실은 거울 속에 갇혀 살아가는 것은 아닌가 하는 의문을 불쑥불쑥 갖고는 했다. 죽어도 골백번은 죽었다던 옥천 할마마저도. 그러니까, 쌀뜨물처럼 흐린 거울 속에서, 있는 듯 없는 듯, 금방이라도 사라져버리고 말 존재들로 살아가고 있다…… 어쩌면 나는 마을에 존재하는 모든 거울을, 깨알만 한 얼룩 한 점도 없도록 말끔히 닦아놓은 뒤에야 이 마을에서 벗어날 수 있는 것이 아닐까. 반짝반짝 빛이 나도록 닦아놓은 뒤에야, 아버지가 나를 데리러 오는 것이 아닐까.

급기야 나는, 마을 거울들의 흐려터짐이, 할머니들이 입버릇처럼 달고 사는, 거부할 수 없는 팔자처럼 느껴졌다.

할머니는 그런 거울 앞에 바짝 웅크리고 앉아 염색을 하고는 했다. 거울을 마루 기둥에서 내려 괘종시계에 기우뚱 기대어 세워두고는, 머리를 귀신처럼 풀어헤치고서. 장날 읍내에서 사온 염소 똥 같은 염색약을 못 쓰는 밥주발에 떨어뜨린 뒤 침을 두어 번 뱉고는, 숟가락으로 꾹꾹 눌러 으깼다. 딱딱하기만 하던 염색약은 거머리처럼 납작해져서는 자글자글 거품을 일으키며 풀어졌다. 할머니는 참빗에 염색약을 묻혀 허리까지 길게 내려오는 머리를 빗어대었다. 머리카락을 한 올도 빠뜨리지 않고 염색약을 바르고 나면 그녀의 열 손가락에도 까맣게 염색물이 들어 마치 썩은 것처럼 보였다. 거울마저도 염색물이 든 듯 검은빛으로 일렁거렸다. 그녀는 뼈 속까지 썩어 금방이라도 뚝 부러질 것만 같은 손가락으로 백노지에 담배를 꾹꾹 말아 피우다가 머리카락을 감았다.

훅!

거울로 내 입김이 안개처럼 번져났다. 핑그르르 현기증이 일며, 엄마의 거울이 아버지의 발에 밟혀 깨어지던 순간이 떠올랐다. 아버지의 사포처럼 거칠던 발뒤꿈치가 거울을 밟는 순간, 거울에 퍼지던 여러 가닥의 금들이…… 그 금들이 퍼지며 내지르던 비명이…… 나는 그 금들이 뿌리처럼 거울 밖으로까지 번져 모든 걸 뒤덮는 상상을 했다. 방바닥도, 벽들도, 천장도, 밥상도, 그릇들도,

길바닥도, 하늘도…… 내 얼굴도 온통 금으로 뒤덮이는 괴이하고
무서운 상상을.

인자 아줌마

인자 아줌마의 앞니 세 개는 양철보다 노란 금니였다. 그녀가 히죽 입을 찢듯 벌릴 때마다 금니들은 쨍! 하고 소리를 내지르듯 번쩍였다. 방앗간 할머니의 말로는 천금 같은 아들과 맞바꾼 금니들이라고 했다.

"그 집 아들이 신작로에서 트럭에 치여 비명횡사하지 않았겠누. 보상금으로 금니를 홀딱 해넣었지. 팔푼이 겉은 여편네! 아들 목숨허구 맞바꿈 돈으로 금니를 해넣고 싶을까. 아들 목숨허구…… 개똥밭에서 인물 난다구 그 아들이 얼마나 잘생겼던지 요광리며 새터꺼정 소문이 자자했지. 최무룡 뺨치게 인물이 세련되고 훤했으니까. 복이 지지리두 읎으려니, 그나마 붙어 있던 복도 그렇게 달아나버린 것이 아니겠누."

그리고 보면 방앗간 할머니는 마을 사람들에 대해 모르는 것이

없었다. 어느 집 된장독에 구더기가 났다는 것까지 속속들이 알아
서, 누가 듣든 괘념 않고 푸념처럼 중얼거리곤 하였다.

인자 아줌마는 마을에서 가장 가난했다. 인자 아줌마가 날마다
양은대야 공장에 다녀 돈을 버는데도, 똥구멍이 찢어져라 가난하다
고 했다. 일 년 내내 낮이고 밤이고 양은대야 공장에서 일을 해서인
지 인자 아줌마의 얼굴은 누렇게 말라비틀어진 탱자 같았다.

밤에 나는 옥천가게에서 막걸리를 한 주전자 받아 오다가, 신작
로 한가운데 철퍼덕 주저앉아 흐느끼는 인자 아줌마를 보았다.

인자 아줌마는 질긴 고무줄을 이빨로 물어뜯듯 끄으응끄으응 울
고 있었다. 그녀의 울음소리 때문인가. 저 멀리, 마을이 끝나는 곳
에 보초병처럼 서 있는, 전봇대보다도 훌쩍 키가 큰 미루나무가 부
들부들 떨듯이 흔들리고 있었다. 나는 도무지 그 끝을 짐작할 수 없
는 신작로도 무서웠고, 인자 아줌마의 날이 꼬박 새도록 그칠 것 같
지 않은 울음소리도 무서웠고, 서너 해 전 마을에 신작로가 놓일 때
하마터면 베어질 뻔했다던 미루나무는 더 무서웠다.

"동화구나…… 불쌍한 것……"

인자 아줌마가 손등으로 눈두덩을 훔치며 헤죽 웃었다.

"나는 우리 아들을 기다리고 있단다."

그녀가 우쭐대듯 말했다.

"……?"

"오늘 밤에 우리 아들이 날 찾아오기로 했거든……"

그녀의 눈동자가 초점 없이 풀어져 위태롭게 흔들렸다.

“동화야······”

인자 아줌마의 목소리가 갑자기 어린 여자애의 목소리처럼 가늘어졌다.

“너 말이야, 우리 아들한테 시집올래?”

“죽은 사람한테 어떻게 시집을 가요?”

코를 벨 듯한 매서운 바람 때문인가, 신작로를 따라 죽은 소처럼 무겁고 낮게 떠가는 구름 때문인가, 인자 아줌마의 종잡을 수 없이 변화하는 감정 때문인가, 저 멀리 할머니의 집 불빛이 당장이라도 꺼질 듯 아슬아슬하기 때문인가, 달빛에 휩싸여 귀기가 감도는 미루나무 때문인가······ 독하고 쌀쌀맞게 쏘아붙이려고 애썼지만, 내 목소리는 의지와 달리 덜덜 떨려 나왔다.

“네가 어려서 모르겠지만 죽은 사람한테도 얼마든지 시집을 갈 수 있단다. 그럼, 그럼, 얼마든지 시집을 갈 수 있지.”

인자 아줌마가 고개를 갸웃거려가며 어리광을 부리듯 말해, 나는 그녀가 인숙이나 미정처럼 내 또래인 듯한 착각이 다 들었다.

“동화야, 네가 우리 아들한테 시집만 오면 내가 공주 옷도 사주고, 맛난 과자도 사주고, 알록달록 예쁜 머리핀도 많이 사줄게. 네가 사달라고 하는 건 다 사줄게. 우리 아들한테 시집을 오렴. 우리 아들한테 시집와서 나랑 살자. 응? 나랑 살자. 나랑······ 연지곤지 찍고 우리 아들한테 시집와라. 응? 동화야······ 응?”

인자 아줌마가 내 팔을 잡고 매달렸다.

“내가 미쳤다고 아줌마 아들한테 시집을 간대요?”

나는 인자 아줌마의 손을 홱 뿌리쳤다. 주전자 주둥이에서 막걸리가 쿨럭쿨럭 쏟아지는 것도 모르고 뒷걸음질을 치며 도리질을 쳐 댔다.

"요광리에 사는 눈 먼 점쟁이가 그러는데 아들을 산 처녀와 결혼시켜야만 남은 내 팔자가 그나마 순탄하다는구나. 동화 너만 내 아들한테 시집을 오면……"

"시, 싫다니까요……!"

나는 아무래도 미루나무가 인자 아줌마의 죽은 아들만 같았다. 잎 지고 늘어진 가지들을 흔들며, 나를 향해 성큼성큼 걸어오고 있는 것만 같았다. 나는 미루나무가 나를 덮치기라도 할까 봐, 주전자 주둥이로 막걸리가 쿨럭쿨럭 흘러넘치는 것은 상관도 않고, 할머니 집까지 죽어라고 달음박질쳤다. 양철대문을 박차듯 열고 마당으로 들어섰을 때, 주전자에는 막걸리가 반밖에는 남아 있지 않았다.

"촐싹거리더니 길바닥에 막걸리를 죄다 뿌리고 왔구나."

나는 옥천 할마가 막걸리를 반 주전자밖에는 퍼주지 않더라고 부득불 우겨댔다. 할머니는 내 말을 철썩 믿고는 옥천 할마를 향한 욕설을 안주 삼아 씹어대며, 막걸리를 마셨다.

그날 밤 후로, 나는 미루나무만 보면 인자 아줌마의 아들이 저절로 떠올랐다. 나는 미루나무 가까이 가보고 싶었지만, 좀처럼 가까이 가지 못했다. 미루나무가 죽죽 늘어진 가지들로 나를 꽁꽁 옭아매기라도 할까 봐서, 나를 옭아매고는 절대로 놓아주지 않을까 봐서.

움막집

담배밭 한복판에서 뭔가가 쑥 올라왔다.

나는 깜짝 놀라 멈춰 섰다. 장대 아저씨가 땅을 뚫고 솟아오르기라도 하듯 몸을 일으키고 있었던 것이다. 대접만 한 낮달이 그의 머리 바로 위에 떠 있었다. 그의 얼굴도 저 낮달만 같았다. 노랗고 흐릿해, 낮달보다 더 낮달만 같았다.

"애야…… 오늘이 열여드레냐 열아흐레냐?"

나는 입을 꾹 다문 채 그를 흘겨보기만 했다. 내가 흘겨보는 것이 낮달인지, 장대 아저씨의 얼굴인지 구분이 가지 않았다.

"애야…… 오늘이……"

내가 흘겨보기만 하자 그는 휘적휘적 움막집 쪽으로 걸어갔다. 그가 움막집 문짝을 뜯어내듯 열어젖히고 그 안으로 사라지는 순간, 나는 알 수 없는 두려움과 불안, 슬픔에 후드득 몸을 떨었다.

나는 사팔뜨기가 되도록 낮달을 흘겨보다, 한 발짝 한 발짝 담배
밭으로 들어갔다.

신작로 쪽에서 들려오는 버스의 경적 소리를 듣고서야, 나는 담
배밭 한복판까지 들어와 있음을 깨달았다. 나는 장대 아저씨의 움
막집 안을 몰래 엿보고 싶은 충동에 사로잡혔다. 버려진 사과궤짝
같은 그 안에서 그가 어떻게 살아가고 있는지 알고 싶었다. 두려움
때문인가. 움막집 쪽으로 선뜻 발이 내디뎌지지가 않았다. 움막집
은 아이들뿐 아니라 어른들조차도 가까이 가기를 꺼려하는 터부와
금기의 장소였던 것이다.

그래서일까.

마을 아이들 사이에는 움막집을 둘러싸고 해괴한 소문이 끊임없
이 나돌았다.

소문들 중 한 가지는, 장대 아저씨가 간질병을 고치려고 밤마다
움막집 안에서 바퀴벌레를 달여 먹는다는 것이었다. 태식 삼촌이
키우던 열 마리 남짓한 닭들이 쥐도 새도 모르게 없어진 뒤로는, 그
가 생닭의 피를 뽑아 들이켠다는 소문도 새로이 나돌았다.

"있잖여, 그리고 말이여, 우리처럼 어린 여자애를 움막집 안에다
가두어두고 키운대."

인숙은 마을 어른들도 까맣게 모르는 비밀이라며 내게 그렇게 말
했다.

"그 여자애한테도 밤마다 달인 바퀴벌레를 먹인다지 뭐여. 도망

가지 못허게 쇠고랑으로 손발을 꽁꽁 묶어놓고는 숟가락으로 떠 넣
어준대. 한 마리, 두 마리, 세 마리, 네 마리, 다섯 마리, 여섯 마
리……"

인숙이 열 마리까지 세고 났을 때, 나는 내 입속에서 바퀴벌레가
살아서 우글대는 것만 같아 우웩우웩 헛구역질을 해댔다.

움막집 안에 정말로 나처럼 어린 여자애가 살고 있을까? 쇠고랑
에 손발이 묶인 채 밤마다 장대 아저씨가 숟가락으로 떠 넣어주는
바퀴벌레를 받아먹으며?

나는 어쩐지 인숙의 말이 새빨간 거짓말은 아닐 것만 같았다. 바
퀴벌레를 하도 받아먹어 나처럼 독해질 대로 독해진 여자애가 살고
있을 것만 같았다. 아버지가 자신을 구하러 오기만을 손꼽아 기다
리고 있을 것만 같았다.

움막집을 둘러싼 소문은 그것 말고도 또 있었다. 움막집 자리에
원래는 무덤이 있었다는 소문이었다. 소문에 따르면, 천둥벼락이
치고 비가 억수로 퍼붓던 날 밤 장대 아저씨가 삽으로 무덤을 파헤
치고는 그곳에 떡하니 움막집을 세웠다고 했다.

"장대 아저씨가 시체를 파다 뒷산 저수지에 버렸다는구먼."

인숙은 그러고는 그 광경을 보기라도 한 듯 부들부들 떨었다.

장대 아저씨의 움막집은 말하자면 텔레비전은커녕 동화책도 없
는, 폭삭 늙은 얼굴들과 개와 돼지와 닭과 소뿐인 마을에서, 아이들
의 상상력과 호기심을 자극하는 기괴하고 끔찍한 소문의 온상지였
던 것이다. 피가 다 뽑힌 닭들이 널려 있고, 바퀴벌레가 우글대며,

쇠사슬에 꽁꽁 묶인 여자아이가 비명을 질러대는, 어른들조차 가까이 가기를 꺼려하는 간질쟁이 장대 아저씨의 은둔처였던 것이다.

장대 아저씨가 발작을 일으키며 넘어가는 걸 처음 본 날 밤, 나는 아버지의 등에 업혀 있는 꿈을 꾸었다. 마을에 들던 날처럼 나는 아버지의 목을 조르듯 꼭 끌어안고 있었다. 아버지는 어르기라도 하듯 동화야, 동화야, 하고 부르며 장대 아저씨의 담배밭으로 걸어 들어갔다.

아버지, 담배밭에는 왜 들어가는 거야?

아버지는 담배밭을 가로질러 움막집을 향해 성큼성큼 걸어갔다.

저기는 간질쟁이의 집인데……

저기가 우리가 살 집이란다.

우리가……?

그래, 너랑 나랑……

아니야, 저기는 간질쟁이의 집이야.

겁을 먹은 내가 발버둥을 치는데도 아버지는 움막집을 향해 걸어갔다. 아버지가 움막집 문을 벌컥 여는 순간, 나는 자지러지듯 깨어났다.

괘종시계가 데엥 데엥 셀 수 없을 만큼 오래도록 울었다.

돼지는 쥐를 먹고, 소는 뱀을 먹고,
사람은 돼지와 소를 먹는다

백 밤이 지나도 벌써 지난 것 같은데 아버지는 날 데리러 오지 않았다.

마을은 겨울잠에서 막 깨어난 개구리처럼 부산하고 소란스러웠다. 미정네 어미돼지가 새끼를 열 마리나 낳았다고 했고, 인숙네는 소를 두 마리나 들여놓았다고 했다. 방앗간 할머니는 백태라는 메주콩을 한 말은 갈아 두부를 쑤었다. 나는 구름처럼 몽글몽글 피어오르는 순두부를 한 그릇 얻어먹었다. 그녀는 외팔로 두부를 잘도 쑤었다.

나는 미정과 인숙과 논으로 밭으로 냉이를 캐러 다녔다. 녹이 슬고 이가 빠져 쓰지 않는 식칼과 소쿠리를 챙겨 가지고. 언 기운이 덜 풀린 흙 속으로 식칼을 쑥 밀어 넣을 때마다, 나는 냉이의 뿌리가 잘리기라도 할까 봐 손에 잔뜩 힘을 주었다. 그래서인지 냉이의 뿌리는 번번이 잘려지곤 했다. 뿌리가 잘린 냉이를 소쿠리 가득 캐 집으로 돌아오면, 옷소매는 코를 하도 풀어 덕지덕지 딱지가 져 있었고, 손과 얼굴은 트고 갈라져 있었다.

입가가 부르트더니 피가 나고 고름이 흘렀다. 고름은 그대로 딱지가 되어 들러붙었다. 딱지를 떼어내자 전보다 더 심하게 피와 고름이 뒤섞여 흘러내렸다. 나는 밤에 잠을 자다가도 입이 떨어져나가듯 쑤셔와 잠이 깨고는 했다. 입을 마음껏 벌리지 못해 밥도 제대로 먹지 못했다.

"입이 크려는 거다."

할머니는 내 찢어진 입가에 춘자 고모의 로션을 발라주었다.

"그렇지 않아두 찢어터진 입이 얼마나 더 찢어지려구 요 꼴이다냐."

할머니는 퉁을 주고는 광에 들었다. 쿵쾅 소리가 들려오더니 할머니가 쯧쯧 혀를 차며 대나무소쿠리를 들고 나왔다.

"쥐가 새끼를 낳아놨구나."

눈도 미처 뜨지 않은 쥐새끼 세 마리가 소쿠리 속에서 꿈틀거리고 있었다.

"네가 태어났을 때 똑 요랬지."

쥐새끼는 몹시 작고 쭈글쭈글했으며, 비명을 내지르고 싶을 만큼 징그러웠다. 할머니는 쥐새끼들을 미정네의, 새끼를 열 마리나 낳았다는 어미돼지한테 가져다 주었다. 먹어치우라고, 눈도 안 뜬 쥐새끼들을 돼지우리 안으로 휙휙 던져주었다.

"돼지가 쥐새끼도 먹나?"

나는 태식 삼촌에게 물었다.

"그럼, 쥐새끼도 먹지."

추리닝 바지에 메리야스 차림으로 '하나 둘 셋 넷' 구령을 붙여가며 체조를 하던 그는 실없게 웃었다.

"우걱우걱 깨물어서 먹지."

그는 우걱우걱 소리에 맞춰 무릎을 구부렸다 폈다 했다.

"어디 쥐새끼만 먹는 줄 아니? 개구리도 먹고, 두꺼비도 먹고, 개도 먹고, 사람도 먹지."

"돼지가 사람도 먹나?"

나는 놀라 물었다.

"그럼, 사람도 먹지."

나는 그가 하는 말은 다 믿었다.

"그럼, 새도 먹나?"

"그럼, 새도 먹지."

"그럼, 뱀도 먹나?"

"뱀은 소가 먹지."

"소가?"

"그럼, 뱀은 소가 먹지."

"뱀은 왜 소가 먹나?"

"독이 있어서 소만 먹지."

할머니는 쥐새끼들을 던져주고 미정네서 돼지비계를 한 덩이 얻어왔다. 할머니는 돼지비계를 뭉떵뭉떵 썰어 넣고 김치찌개를 한 냄비나 끓였다.

할머니는 목숨 수 자가 새겨진 숟가락으로 돼지비계와 국물을 떠 입으로 가져갔다. 시뻘건 돼지기름이 들러붙어서인가, 목숨 수 자는 마치 방앗간 곳곳에 붙여놓은 부적만큼이나 괴상하고 기이했으며, 무섬을 주기까지 했다.

목숨이란 게 그런 건가?

무섬을 주는 게 목숨인 걸까?

내가 혀로 아무리 핥아도 그 글자는 지워지기는커녕, 희미해질 기미조차 보이지 않았다.

"고소허다, 고소혀."

할머니는 돼지비계를 우물우물 씹으며 황홀해했다.

돼지는 쥐를 먹는다.

소는 뱀을 먹는다.

사람은 돼지와 소를 먹는다.

나는 할머니를 빤히 바라보며 속으로 중얼거렸다.

"올봄도 저리 넘길라나?"

할머니가 불현듯 골방 쪽으로 고개를 돌리더니, 돼지기름이 묻어 번들거리는 입을 벌려 탄식하듯 중얼거렸다. 할머니는 할아버지가 죽기를 바라나? 나는 골방 할아버지의 얼굴을 꼭 한 번 보고 싶었다.

꼭 한 번은.

동화라는 내 이름을 내뱉고 쓰러졌다는 할아버지의 얼굴을, 할아
버지가 죽기 전에는 꼭 좀.

공순이가 될래?

나는 신작로를 따라 마냥 걸어가고 있었다. 장대 아저씨의 얼굴만 같은 낮달이 자꾸만 나를 따라왔다. 오늘이 초여드레인가, 초아흐레인가 물으며 졸졸 따라왔다.

내가 문득 뒤를 돌아다보았을 때, 마을은 산굽이 너머로 사라지고 보이지 않았다. 나는 마을로부터 멀어지는 것이 겁났지만, 신작로 끝까지 어떻게든 걸어가 볼 작정이었다. 마냥 걸어가다 보면, 아버지를 만날 수 있을 것 같아서였다. 신작로 끝까지 걸어가면 아버지가 나를 기다리고 있을 것만 같아서. 조금만 더 걸어가면 신작로가 끝나지 않을까. 아버지가 나를 향해 가만가만 손을 흔들어주지 않을까. 동화야, 동화야…… 부르며.

조금만 조금만 더 걸어가 본다는 게, 나는 어느새 양은대야 공장까지 와버렸다.

공장 마당 응달진 곳에 아저씨들이 쪼르르 앉아 있는 것이 보였다. 아저씨들은 뿌리와 가지가 죄 잘린 나무에 쪼르르 엉덩이를 걸치고 앉아 담배를 피우고 있었다. 그래서인가. 아저씨들은 꽃도 지고, 열매도 지고, 잎도 다 진 나뭇가지들만 같았다. 더는 피어날 것도, 열릴 것도, 질 것도 없이 간당간당 나무에 매달린 가지들만 같았다. 그곳까지 나를 따라온 낮달이, 그런 아저씨들을 빤히 내려다보고 있었다.

아저씨들이 잠바 속에서 빵을 꺼내더니, 그것을 싼 봉지를 뜯고 우걱우걱 베먹었다. 옥천가게에서도 파는 보름달처럼 둥근 빵이었다. 나는 딱 한 번 태식 삼촌이 사주어서 그 빵을 먹어보았는데, 빵 안쪽에는 춘자 고모가 밤마다 얼굴에 처바르는 로션만큼이나 희고 미끈거리며 달콤한 크림이 잔뜩 발라져 있었다.

아저씨들 중 한 명이 나를 발견하고는, 크림이 묻은 입을 벌렸다.

"넌 누구냐?"

"……"

"공순이가 되려고 찾아왔냐?"

그 아저씨는 땅바닥에 침을 찍 뱉고는, 검은 운동화 신은 발로 짓뭉갰다. 나는 침이 내 얼굴이라도 되는 것만 같았다. 그러니까 그 아저씨가 발로 짓뭉개고 있는 것이, 내 얼굴이라도……

"공순이가 되려고 찾아왔냐고 묻지 않았냐?"

"공순이요……?"

공순이라는 말은 춘자 고모가 세상에서 가장 싫어하는 말이었다. 죽기보다 더 그 말을 싫어했지만, 춘자 고모는 공순이였다. 양은대야 공장의 공순이였다. 어찌할 수 없는 공순이였다.

"너, 공순이가 될래?"

아저씨들이 나를 흘끔흘끔 쳐다보며 낄낄거렸다.

"넌 얼굴이 못생겨서 공순이나 되어야겠구나."

가장 늙어 보이는 아저씨가 말했다.

"못생겨도 너무 못생겨서 공순이밖에는 될 게 없겠어."

나는 얼굴이 못생겼다는 말도 듣기 싫었지만, 공순이밖에는 될 게 없겠다는 말은 더 싫었다.

"얼굴이 못생기면 다 공순이가 되나요?"

나는 아저씨들을 노려보며 말했다.

"공순이가 안 되면 커서 뭐가 될래?"

아저씨들이 낄낄거렸다.

……커서, 뭐가?

그렇지만 나는 한 번도 커서 뭐가 될지 생각해본 적이 없었다. 아버지도, 할머니도, 춘자 고모도 내게 커서 뭐가 될 거냐고 물어온 적이 없었다. 바람이 나 도망을 가버린 엄마조차도.

"그러게, 공순이가 안 되면 커서 뭐가 될 거냐?"

아저씨들은 자꾸만 낄낄거렸다.

"입이 달렸으면 말을 해봐라. 커서 뭐가 될래?"

미용사? 간호사? 선생님? 식모? 아니면…… 양은대야 공장의 공순이? 처녀가 된 내 모습을 상상하려고 하자, 춘자 고모의 얼굴이 불쑥 떠올랐다. 화장을 싹 지워, 곪아터진 달걀만 같아진 그녀의 얼굴밖에는 떠오르지 않았다. 나는 어쩐지 아버지가 나를 데리러 오지 않는 한, 양은대야 공장의 공순이밖에는 될 게 없을 것 같았다.

"그 얼굴로 미스코리아라도 나갈래?"

"저 얼굴로 미스코리아를 나가?"

"저 얼굴로?"

"너, 빵이 먹고 싶니?"

"빵을 줄까?"

점심을 굶어서인가. 나는 빵을 딱 한 입만 얻어먹었으면 했다. 딱 한 입만. 빵에 발라진 크림의 달콤함과 부드러움이 떠올라, 나는 침을 꿀꺽 삼켰다.

"너, 빵이 먹고 싶은 게로구나."

"공순이가 되면 빵을 실컷 먹을 수 있다."

"어디 빵뿐이냐? 라면도 실컷 먹을 수 있지."

"구역질이 나도록 먹을 수 있지."

"구역질이 나도록."

"우웩우웩 구역질이 나도록."

"어디 구역질뿐이냐. 얼굴에서 라면기름이 줄줄 흐르도록 먹을 수 있다."

"이리 와봐라. 빵을 줄게."

가장 늙어 보이는 아저씨가 나를 향해 빈 빵봉지를 흔들어댔다. 빵은 다 먹어버리고 빈 빵봉지만…… 다른 아저씨들도 덩달아 빈 빵봉지를 흔들어댔다. 그 안에 한 입도 베먹지 않은 빵이 들어 있기라도 한 듯, 그 빵을 내게 주기라도 할 듯 흔들어댔다.

"빵을 줄 테니 네 젖꼭지를 한 번만 꼬집게 해주렴."

가장 늙어 보이는 아저씨가 말했다.

"빵이 어디 있어요……?"

나는 더럭 겁이 나 한 발짝 뒷걸음질을 쳤다.

"어디 있긴? 네 눈에는 빵이 안 보이냐?"

"빈 봉지잖아요……"

"뭔 소리를 하는 거냐? 빈 봉지라니? 너는 봉지 안에 빵이 든 게 안 보이냐?"

"너는 얼굴만 못생긴 게 아니라 눈도 삐었구나."

"눈도 삐었군."

"눈도 삐었어."

아저씨들이 낄낄거리며 나를 향해 빈 빵봉지를 던졌다. 빈 빵봉지들이 바람에 날려 멀찍이 날아갔다. 나는 그제야 뒷걸음질을 쳐 양은대야 공장으로부터 멀어졌다.

빈 빵봉지를 쫓기라도 하듯……

나랑 같이 가자

나는 여전히 신작로 위에 있었다.

목이 마르다 못해 혀가 바짝 타들어가도록 걸었는데도 신작로는 끝도 없이 펼쳐졌다. 지금쯤 할머니는 까라는 마늘은 까지 않고 싸 돌아다닌다며 욕을 바가지로 퍼부어대고 있을 것이었다.

나는 마을로부터 너무 멀어진 것 같아 겁이 났지만, 마을로 되돌아가고 싶지는 않았다. 나는 죽은 구더기가 한두 개는 꼭 떠 있는 된장국도 싫었고, 까끌까끌한 보리밥도 싫었고, 천년만년을 닦아도 맑아질 것 같지 않은 거울을 닦는 것도 싫었다. 마늘을 까는 것은 더더욱 싫었다. 엄마가 도망을 가지 않은 인숙도, 미정도 꼴 보기 싫었다.

"얘야……"

환청인 듯 목소리가 들려온 것은 내가 꾸벅꾸벅 졸며 신작로 가

를 위태롭게 걷고 있을 때였다. 신작로 가는 낭떠러지였다. 웬만한
어른 키보다도 깊은 낭떠러지 아래, 찌그러지고 일그러진 논들이,
조각 천들을 얼키설키 이어 붙여 만든 조각보처럼 펼쳐져 있었다.
발을 까딱 헛디뎠다가는 논으로 굴러떨어질 것 같았다. 논들 너머
로 해가 기울며 하늘은 핏빛이었다.

"나랑 같이 가자……"

"……?"

"나랑 같이 가자……"

나는 그제야 휘청거리며 멈추어 섰다. 졸음을 쫓으려고 고개를
흔들며, 훌쩍 뒤를 돌아보았다.

"나랑…… 나랑 같이 가자……"

불그스름하게 들끓는 흙먼지 속에서 목소리가 들려왔다.

흙먼지가 걷히더니 꿈인 듯, 환영인 듯 장대 아저씨가 불쑥 걸어
나왔다.

"애야…… 나랑 같이 가자……"

날 쫓아오기라도 한 걸까? 마을에서부터 내 뒤를 졸졸 쫓아오기
라도 한 걸까? 금방이라도 입에 거품을 물고 쓰러질 듯 그의 얼굴
은 창백하게 질려 있었다.

나는 신작로에서 돌멩이를 주워 그를 향해 힘껏 던졌다.

"저, 저리 가!"

그는 가슴께에 돌멩이를 맞고도 날 향해 서 있었다.

"넌 어딜 그렇게 가는 길이니……?"

"저, 저리 가라니까!"

나는 손에 잡히는 대로 돌멩이들을 주워 그의 초점도 없이 흔들리는 두 눈동자를 향해 마구 던졌다. 돌멩이가 한 개 그의 이마에 맞고 떨어졌다. 그의 이마에서 피가 후드득 떨어졌다. 그 피가 그의 이마를 적시고, 눈썹과 눈동자도 벌겋게 적시고 있었다. 나는 흙먼지라도 일어 그를 삼켜버렸으면 싶었다. 삼켜 없애버렸으면……

"애야…… 넌 어딜 그렇게……?"

갑자기 신작로가 지진에라도 든 듯 뒤흔들렸다. 요광리 쪽에서 버스가 달려오고 있었다. 걷잡을 수 없이 흙먼지를 일으키며 달려와서는, 그를 깔아뭉개듯 지나갔다.

"내가 널 데려다주마……"

"병신! 지랄병쟁이!"

"내가 널……"

그가 비틀비틀 내 쪽으로 다가왔다. 나는 고개를 저으며 뒷걸음질을 쳤다. 나는 아버지를 찾아 나선 길이라고, 날 아버지한테 데려다달라고 매달리고 싶었지만, 꾹 참았다. 그는 언제 발작을 일으키며 쓰러질지 모르는 간질병쟁이였던 것이다. 마을뿐 아니라, 이 세상에 어디에도 없는 사람처럼 살아가는 그가, 무슨 수로 날 아버지한테 데려다주겠는가.

"애야…… 내가 널……"

그의 얼굴 근육이 부들부들 떨리더니 두 눈동자가 횩 돌아갔다. 입에서 거품이 부글부글 끓고 팔다리가 뒤틀리더니, 전봇대가 넘어가기라도 하듯 쓰러졌다. 흙먼지가 부옇게 일어 그를 무덤처럼 집어삼켰다.

나는 뒷걸음질을 치다가 기껏 도망쳐 나온 마을 쪽으로 죽어라 내달렸다.

축사의 이방인들

양은대야 공장에서 일을 하려는 외지인들이 한꺼번에 마을로 흘러들었다. 인숙 아버지는 버려두었던 축사를 개조해 부엌이 딸린 단칸방을 다닥다닥 들였다. 셋방을 구하러 다니는 외지인들에게 사글세를 놓았다.

마을 어른들은 축사에 세든 외지인들을 축사 사람들이라고 싸잡아 부르며, 철저히 무시하고 경계했다.

"외지 것들을 어떻게 믿누?"

방앗간 할머니는 축사 사람들만 보면 눈을 가늘게 뜨고 의심에 찬 눈초리를 보냈다.

"외지에서 도둑질을 해처먹던 것들인지두 모르지. 그렇지 않고서야 너두나두 도회지로 나가는 판에 요런 촌구석으로 기어들어올 리가……"

방앗간 할머니는 마을에서 태어나고 자랐을 뿐만 아니라, 한 번도 마을을 떠나서 산 적이 없다고 했다. 그녀가 마을 할머니들로부터 형님 소리를 들어가며, 마을에 떠도는 소문들을 단속하고, 남의 집 일을 두고도 경우와 이치를 따지려드는 데에는 다 그만한 이유가 있었던 것이다.

다른 어른들도 덩달아 아무 근거도 없이 축사 사람들을 순 도둑놈들로, 사기꾼들로, 죄인들로 싸잡아 보았다. 그도 그럴 것이 축사 사람들은 영양실조를 앓는 듯 왜소하고 침울했으며, 어딘가 불안해 보였던 것이다.

그런 마을 어른들과 달리, 마을 아이들은 축사 사람들에 대해 한없는 호기심의 눈길을 보냈다. 축사는 말하자면, 장대 아저씨의 움막집만큼이나 어설프고 위태로웠으며, 비밀스러웠던 것이다.

축사 사람들은 소꿉장난을 하듯 살림살이를 대충 갖춰놓고 살았다. 그게 언제든 당장이라도 살림살이를 다 팽개쳐두고 떠날 수 있게…… 축사에서의 그들의 삶은 그렇게나 오늘이라도 당장 파장이 날 것처럼 아슬아슬해 보였던 것이다.

양은대야 공장이 쉬는 날이면 축사 사람들은 피난민들처럼, 축사 앞 버려진 파밭에 빨래를 해 널었다. 파밭에 불을 피워놓고는 돼지고기를 구워먹기도 했다. 그들은 파밭에 개나 고양이를 묶어놓고 키우기도 했는데, 개든 고양이든 그들을 닮아 어딘가 불안하고 어두웠으며 기가 죽어 보였다. 개들은 마을 사람들만 보면 꼬리를 슬금슬금 내리면서도 마구 짖어댔다. 축사에는 아이들도 있었는데,

그 애들은 좀처럼 축사 밖으로 나오지 않았다.

나는 어쩐지 할머니와 사는 것보다는 축사 사람들 틈에 끼어서 소꿉놀이를 하듯 사는 것이 훨씬 흥미진진하고 재미있을 것 같았다.

그래서일까?

나는 마늘을 까다가도 무언가에 홀리기라도 한 듯, 축사로 달려갔다. 깨금발을 하고는 축사 아무 창문에나 매달려, 그 안을 어떻게든 엿보려고 애를 썼다. 그러나 축사에 난 창문마다에는 보라색이거나 검정색이거나 녹색인 어두침침한 보자기가 장막처럼 쳐져 있었다. 창문 안에서는 라디오 소리나 아기의 울음소리, 그릇 부딪치는 소리가 들려오기도 했는데, 그 소리들은 이상하게도 내게 한없이 낯설면서도 울컥하는 기분이 들게 했다. 나는 어쩐지 축사에 일렬로 서 있는 외짝 나무문들 중 아무 문이나 열어젖히면, 도망을 간 엄마가 그곳에 있을 것만 같았다. 석유풍로 앞에 쪼그려 앉아 부침개를 부치고 있을 것만 같았다.

나는 옥천가게에 막걸리를 받으러 갔다가 축사 사람들과 마주치고는 했다. 그들은 대개 먼지 묻은 라면과 과자를 한 무더기 사 들고는 옥천가게를 나섰다. 마을에서 축사 사람들 때문에 신이 난 사람은 옥천 할마와 인숙 아버지뿐이었다.

어느 날 밤부턴가, 축사에서 여자들의 거두절미한 악다구니와 새된 비명, 겁에 질린 아이들의 울음소리, 살림살이가 내던져져 부서지고 깨지는 소리가 마을이 떠나가도록 들려오고는 했다.

"에그그, 사람을 잡네! 잡어!"

할머니는 축사 쪽에서 여자의 비명 소리가 들려올 때마다 쯧쯧 혀를 찼다.

"저 꼴이 어디 사람 사는 거라 할 수 있나……"

축사에서 한바탕 소란이 일고 난 다음 날이면 나는 더 기를 쓰고 축사를 찾아갔다. 축사 앞, 버려진 파밭에 내놓은 깨진 거울이나 소주병, 부서진 풍로를 보며 가슴을 후드득 떨고는 했다.

사람은 개도 먹는다

진즉에 여덟 살이 되었지만, 할머니는 날 학교에 보내지 않았다.

나와 동갑인 미정은 유관순 언니가 그려진 빨간 가방을 메고, 읍내에 있다는 학교에 다녔다. 그 애는 여덟 살이었다. 할머니는 아버지가 돌아오고, 내가 아홉 살이 되면 가방도 사주고 학교에도 보내줄 거라고 했다.

미정은 학교에서 돌아오면 라면봉지를 손에 들고 다니며 인숙과 나를 안달나게 만들었다. 노란 봉지 속에서, 부스러질 대로 부스러져 스프와 뒤범벅된 라면은 할머니가 쪄주는 무녀리 감자나 고구마, 말린 감과는 비교할 수 없는 전혀 색다른 맛이자 재미였다.

"라면을 먹고 싶으면 날 언니라고 불러."

"언니……"

인숙이 침을 꿀꺽 삼키고는 중얼거렸다. 미정은 그 소리에 의기

양양해져서는 봉지 입구를 기꺼이 열고는, 인숙의 손바닥에 라면 부스러기를 떨어뜨려주었다. 인숙은 혹시나 조금 더 주지 않을까 미정의 눈치를 살폈다. 미정이 봉지 입구를 도로 다물어버리자 그때서야 혀를 내밀어 라면 부스러기를 핥았다.

"너는 왜 언니라고 안 하니?"

"미친년, 네년이 왜 언니야?"

나는 죽어도 미정을 언니라고 부르지 않았다.

"흥, 싫으면 말아라."

미정이 라면봉지의 입구를 꼭 싸맸다.

"개년!"

"내가 왜 개년이야?"

"개 같은 년!"

"개 같은 년은 너야! 우리 엄마가 그러는데 너희 엄마도 개 같은 년이랬어. 개 같은 년이라 널 버리고 도망간 거래."

미정이 바락바락 소릴 질렀다.

"씹어 죽일 년, 똥숫간에 빠져 죽을 년!"

나는 미정에게 달려들어 얼굴을 죄다 뜯어놓았다. 라면봉지까지 빼앗아 신작로에 휙 내던지고도 성이 풀리지 않아, 쌍욕을 내뱉으며 옥천가게로 뛰어갔다.

옥천 할마는 이불을 허리까지 끌어당겨 덮고는, 눈을 꾹 감고 있었다.

"할머니가 라면 한 봉지만 외상으로 달래요."

옥천 할마가 눈을 반쯤 떠 나를 물끄러미 건너다보았다.

"뭐라……?"

"라면 한 봉지만 외상으로 달래요."

"허, 고작 라면 한 봉지를 외상으로 달라?"

그녀의 백내장이 낀 눈이 나를 뚫어져라 응시하고 있었다. 회백색으로 흐려진 그 눈이 내 속을 훤히 꿰뚫어보는 듯해 나는 자신도 모르게 주춤 뒷걸음질을 쳤다. 읍내로부터 달려온 버스가 옥천가게의 미닫이문을 뒤흔들며 지나갔다. 흙먼지가 반쯤 열어둔 미닫이문 안으로 들어와 그녀를 집어삼켰다.

"깨를 팔면 갚겠대요……"

"깨를 팔면!"

그녀가 흙먼지 위로 떠올랐다.

"장날 깨를 팔면……"

"장날은 오늘이 아니냐?"

그러고 보니, 오늘이 장날이었다. 할머니와 방앗간 할머니도 장구경을 하려고 첫 버스를 타고 읍내에 나가지 않았는가.

"저…… 정말이에요."

"전생에 내가 데리고 있던 아이 중에, 손버릇이 못된 아이가 있었지. 그 아이의 버릇을 내가 어떻게 고쳐놓은 줄 아느냐?"

"……?"

"내 월병을 몰래 훔쳐 먹기에 손가락을 모조리 잘라놓았단다."

"손가락을요?"

"손가락을 한 개도 남기지 않고 잘라버렸더니 못된 버릇이 저절로 고쳐지더구나."

"……?"

"어디 손가락뿐인 줄 아느냐? 너보다 작은 사내아이들이 하도 뛰어다니기에 두 다리를 자르라 한 적도 있단다. 명색이 황후였던 내가 요 모양으로 태어나 살고 있는 것도 실은 다 전생에 지은 죄 때문이란다."

그녀는 말끝에 땅이 꺼져라 한숨을 쉬었다. 나는 딴청을 부리는 척하다가 라면을 한 봉지 슬쩍 집어 들었다.

"깨를 팔면……"

나는 말끝을 흐리며 후다닥 옥천가게를 뛰쳐나와 다리 쪽으로 내달렸다.

다리 쇠 난간에는, 둥글게 고리를 묶은 노끈이 불에 시커멓게 그슬린 채 매달려 있었다. 인숙은 그것이 개를 잡을 때, 개의 모가지를 묶었던 노끈이라고 했다. 아저씨들이 송아지만 한 개의 모가지를 다리 난간에 매달고는 몽둥이로 쳐대다 불에 태웠다고 했다. 개가 타면서 피어오른 노란 연기가 마을을 뒤덮었다고 했다.

나는 라면봉지를 꼭 쥐고 다리 아래로 내려갔다.

돼지는 쥐를 먹는다.

소는 뱀을 먹는다.

사람은 돼지와 소를 먹는다.

사람은 개도 먹는다.

나는 허공에서 간당간당 흔들리는 노끈을 바라보며, 야릇한 혼란 속에서 중얼거렸다. 개를 태울 때 피어올랐다던 노란 연기가 아직까지 남아 떠돌고 있는 듯 눈앞이 온통 노랗게 보였다. 하늘도, 물을 흥건히 받아놓은 논들도, 냇물도, 냇물 속 물고기들도, 냇가에 지천으로 깔린 자갈들도 다 노랗게 보였다.

나는 다리 밑으로 내려가 라면봉지를 뜯었다. 다리 밑은 짙게 응달이 져 스산했다. 신작로 폭만 한 넓이인 냇물은 내 무릎 높이까지밖에 차 있지 않았다. 신작로가 북으로는 읍내로 남으로는 요광리로 이어지듯, 냇물도 북으로는 읍내로 남으로는 요광리로 이어졌다.

다리 쇠 난간에 매달린 노끈 그림자가 냇가 희멀건 자갈들 위로 탄 자국처럼 드리워져 있었다. 나는 그 그림자가 내 목덜미를 확 낚아채 옥죄여 오는 것만 같은 착각이 들기도 했다.

사람은 개도 먹는다. 개도……

나는 중얼거리며 나도 사람이라는 것을, 돼지도 소도 개도 아니라는 것을, 나이가 들면 마을 할머니들처럼 구질구질하고 구차스럽게 늙으리라는 것을, 혼란스러워하며 깨닫고 있었다.

간질쟁이 장대 아저씨도 사람이고, 인자 아줌마도 사람이고, 죽어도 골백번은 죽었다던 옥천 할마도 사람이고, 바람이 나 도망을 간 엄마도 사람이고, 구들장에 들러붙어 죽을 날만 기다린다는 할아버지도 사람이고, 양은대야 공장의 아저씨들도 사람이고, 외팔이인 방앗간 할머니도 사람이고……

나는 자신이 돼지도, 소도, 개도 먹는 사람이라는 사실에 놀라며 라면봉지를 뜯었다. 내가 사람이라는 것이, 할머니가 징글징글해할 만큼 질긴 목숨을 타고났다는 것이, 나는 괜히 기분 나쁘고 싫기만 했다.

나는 라면을 네 등분 낸 뒤, 스프를 솔솔 뿌려가며 우적우적 깨물어 먹었다. 옥천 할마가 설마 내 손가락을 잘라버리지는 않겠지? 라면을 훔쳤다고 내 손가락을 한 개도 남기지 않고 잘라버리지는……?

라면스프가 묻은 손가락들을 나는 쪽쪽 빨았다. 손가락들을 빨아 없애기라도 하듯 쪽쪽.

가위로 네 입을 화악

내가 거울을 닦는 동안, 마을은 텅 빈 듯 적막에 휩싸였다.

어찌나 적막한지 검은 전깃줄을 타고 위잉― 위잉― 전기 흐르는
소리가 다 들릴 정도였다. 백 밤은 언제 지나는가, 하고 중얼거리다
나는 혼곤한 낮잠에 빠져들었다.

내가 괘종시계의 데엥 소리를 듣고 깨어났을 때, 할머니가 보이
지 않았다. 거울은 내가 잠들기 전보다 더 흐려터지고 비밀스러우
며 의뭉스러워져 있었다. 데엥 소리는 고작 세 번밖에는 울리지 않
았다. 나는 어리둥절한 표정으로 집 안을 둘러보았다. 뒷마당에도,
광에도, 텃밭에도, 변소에도 할머니는 없었다.

거울이 삼켜버렸나?

나는 거울을 사납게 노려보다가 방앗간을 찾아갔다. 그러나 방앗
간 할머니도, 태식 삼촌도 보이지 않았다. 추부이발관 오 씨 아저씨

도, 옥천 할마도 어딜 갔는지 보이지 않았다.

부글부글 끓어 넘치는 막걸리를 두고 옥천 할마는 어디를 갔나?

인숙도, 학교에서 벌써 돌아왔을 미정도 보이지 않았다. 혹시나
하고 담배밭을 찾아갔지만, 담뱃잎들이 파릇파릇 올라온 담배밭 어
디에도 장대 아저씨가 없었다.

다들 어디를 간 걸까. 나만 남겨두고는 다들…… 거울이 삼켜버
렸나? 간질쟁이 장대 아저씨마저도 삼켜버렸나?

한 번 잃어버린 현실감은 이상하게도 좀처럼 되찾아지지가 않았다.

인숙의 집에서 터벅터벅 걸어 내려오던 나는, 춘자 고모가 웬 아
저씨와 팔짱을 끼고 미정네 비닐하우스에서 걸어 나오는 것을 보았
다. 나는 그제야 잃어버렸던 현실감을 되찾았다.

"네가 왜……?"

춘자 고모가 나를 보고는 깜짝 놀라며 팔짱을 후다닥 풀었다. 나
는 그녀에게서 고개를 돌려 아저씨를 빤히 바라보았다.

검정 가죽잠바 차림인 아저씨는, 면도날로 쭉 찢어놓은 듯 눈매
가 가늘고 날카로웠다. 마을 사람이 아닌 듯 얼굴이 낯설었지만, 나
는 그 아저씨를 분명히 어디선가 본 적이 있는 것 같은 기분이 들었
다. 양은대야 공장에서 봤던가? 나한테 공순이가 될래, 하고 물었
던 그 아저씨인가? 못생겨서 공순이밖에는 될 게 없겠다고 놀리던
그 아저씨인가?

춘자 고모가 얼굴이 하얗게 질려서는 당황하자, 아저씨는 휘파람
을 불고는 윗마을 쪽으로 어슬렁어슬렁 걸어 올라갔다. 그녀가 눈

치를 보듯 주위를 슬그머니 살피더니, 입을 꼬옥 다물고 내 쪽으로 걸어왔다.

"껌 줄까?"

그녀의 목소리가 평소와 달리 나긋했다. 무릎이 훤히 드러나도록 짧은 청치마를 입은 춘자 고모의 몸에서는 분방하고 비릿한 냄새가 풍겼다. 두 눈동자는 물 위를 떠가듯 불안하게 흔들리고 있었고, 루주가 지워진 입은 무방비하게 벌어져 있었다. 나는 입을 꾹 다문 채 그녀를 노려보기만 했다.

"어머, 애! 그만 좀 째려봐라. 눈알 튀어나오겠다."

그녀가 갑자기 꿈에서 깨어나듯 고개를 절레절레 내둘렀다.

"네가 내 껌을 훔쳐 먹는다는 걸 내가 모르는 줄 아니?"

그녀는 그러나 나를 향해 미친년이라고, 독한 년이라고 하지는 않았다.

"난 다 알고 있었지만 그냥 봐준 거야? 왜 그런지 아니? 네가 불쌍해서야. 내가 원래 동정심이 많거든."

그녀는 청치마 주머니에 손을 집어넣더니 뜯지도 않은 노란 껌 한 통을 꺼내 내게 선뜻 내밀었다.

"특별히 주는 거니까 받아. 그리고 내가 비닐하우스에서 나오더라는 말은 할머니한테 절대로 하면 안 된다. 아무한테도 하면 안 돼."

내가 선뜻 껌을 받지 않자 그녀는 내 바지 주머니 속에 억지로 쑤셔 넣었다.

"만약 말했다가는 네 입을 확 찢어놓을 테니 알아서 해. 가위로 네 입을 화악! 알겠니?"

가위로 입을 화악 찢어놓는다는 말을, 그녀가 꿀을 처바른 듯 달콤하게 중얼거려서 나는 혼란스럽기만 했다. 현기증이 나도록 달콤해서 나는 소름이 끼치기까지 했다.

가위로 화악? 가위로 내 입을 화악?

나는 차라리 춘자 고모가 미친년이라고 욕을 했으면 했다. 차라리 내 머리를 주먹으로 콕콕 쥐어박았으면 했다.

"얘 동화야…… 세상 모든 여자들이 가장 간절히 원하는 게 뭔지 아니?"

할머니의 집 쪽으로 걸어 내려가며 춘자 고모가 내게 뜬금없이 물어왔다. 간절히 원하는 것…… 나는 소리를 내어 중얼거려보았다. 내가 간절히 원하는 것은, 어서 백 밤이 지나가고 아버지가 나를 데리러 오는 것이었다. 아버지의 등에 업혀서는 버스를 타고 마을을 떠나는 것이었다. 그녀도 나처럼 간절히 원하는 게 있나? 그토록 간절히 원하는 것이 있어서 밤마다 그렇게, 답답해 죽을 것 같다며 턱이 빠지도록 껌을 씹다가 잠드나?

"그건 말이지…… 돈도 아니고 사랑이야. 나는 사랑만 있으면 돼. 사랑만…… 날마다 공장에 다니는 것도 지긋지긋하기만 해……"

그녀는 말끝에 한숨을 쉬었다.

"사랑하는 남자하고 살림을 차리고 사는 게 어떤 여자들한테는 쉬울 수도 있겠지만 어떤 여자들한테는 죄가 되기도 하지. 너는 어려서 아무것도 모르겠지만 어떤 여자들한테는 사랑도 죄가 될 수 있는 거란다."

춘자 고모는 내가 어려서 모를 거라고 했지만, 나는 어렴풋이 알 것도 같았다. 혹시나 엄마도 사랑을 찾아서 떠났나? 죄를 짓듯 사랑을 찾아서 숨바꼭질을 하자고 해놓고는 떠나버렸나? 비키니옷장 속에 숨어든 나를 찾을 생각도 않고 도망을 가버렸나? 나는 불현듯 그녀도 엄마처럼 도망을 가버리면 어쩌나 하는 생각이 들었다. 싫어 죽겠는데도 나는 그녀가 도망을 갈까 봐 걱정이 되었다.

"손이 꼭 수세미 같구나."

춘자 고모가 손을 뻗어 내 손을 움켜잡았다가 얼른 놓아버렸다.

집에 가니 할머니가 아무렇지도 않게 돌아와 있었다. 늘 그곳에 그러고 있었던 듯, 마루에 웅크리고 앉아 뻐끔뻐끔 봉초를 피우고 있었다.

나는 할머니에게 따지듯 물었다.

"어딜 갔었나?"

"뭔 소리여?"

"어딜 갔었냐고?"

"육시랄 년! 가긴 어딜 갔었다구 지랄이냐!"

마을에는 할머니뿐 아니라, 마을 사람들이 전부 다 돌아와 있었다. 인숙과 미정도 돌아와서는 종이인형놀이를 하고 있었다. 나만 쏙 빼놓고는, 자기들끼리만.

나는 춘자 고모와 한 약속을 지켰다. 그렇지만 내가 약속을 지킨

건 순전히, 춘자 고모마저도 도망을 가버리면 어쩌나 하는 걱정 때
문이었다.

사람은 개미도 먹는다

옥천 할마에 대한 엄청난 비밀을 또 한 가지, 나는 알게 되었다. 그것은 옥천 할마가 개미를 먹는다는 사실이었다.

그러니까 그날 나는 양은주전자를 들고 막걸리를 받으러 갔다가, 옥천 할마가 개미로 득실거리는 눈깔사탕을 입속으로 삼키는 광경을 목격하고야 말았다. 탱자만 한 눈깔사탕에 달라붙어, 바글바글 들끓는 것은 틀림없이 개미들이었다. 그녀는 눈깔사탕을 입속에 넣고 개미들을 샅샅이 핥아 삼킨 뒤, 도로 뱉어내 문지방에 올려두었다. 눈깔사탕의 다디단 냄새에 취한 개미들이 줄지어 몰려와 새카맣게 낄 때까지 기다렸다가 또 입속으로 가져갔다.

"막걸리를…… 달래요…… 반 주전자만……"

옥천 할마는 푹 내리뜬 눈으로 나를 흘끔 바라보고는, 눈깔사탕을 입속에 쏙 넣었다. 황홀하기라도 한 듯, 다듬잇돌만큼이나 커다

란 머리를 끄덕끄덕하며, 눈깔사탕에 달라붙은 개미들을 빨아 목구
멍으로 삼켰다.

"내가 개미를 먹는 게 징그러우냐?"

옥천 할마의 혀와 입천장에 달라붙어 악을 쓰듯 꿈틀대는 개미들
이 내 눈에 들어왔다. 비명 소리만 들리지 않을 뿐, 개미들은 그녀
의 입속이 생지옥이라도 되는 듯, 발악을 쳐댔다.

"그게 뭐가 징그러워요?"

나는 징그러웠지만 시침을 뚝 떼고 거짓말을 했다.

"으응? 너란 애는 참으로 별스런 아이구나."

그녀의 유별나게 길고 오목하게 팬 인중을 타고 개미가 한 마리
슬금슬금 기어오르는 것이 보였다.

"나는 전생에서부터 개미를 먹었단다."

"⋯⋯?"

"쌀을 먹듯, 소금을 먹듯, 개미를 먹었지."

"⋯⋯"

"개미를 먹으면 무병장수할 수 있거든. 병 없이 오래오래 살 수
있다는 뜻이란다."

그녀는 입속 눈깔사탕을 손바닥에 톡 뱉고는, 그것을 말끄러미
들여다보다 문지방 위에 올려두었다.

"전생에 내가 먹은 개미가 얼마나 되는 줄 아느냐?"

나는 그녀가 전생에 먹어치운 개미의 수를 짐작해보려고 했지만,
좀처럼 짐작이 되지 않았다.

“아무리 못해도 산 하나, 강 하나는 족히 될 것이야.”

그녀는 히죽이 웃고는 천둥처럼 큰 소리가 나도록 방귀를 뀌었다. 무청이 썩으며 풍기는 냄새보다 훨씬 고약한 방귀 냄새가 가게 안에 퍼졌다. 눈깔사탕의 단 냄새에 취한 개미들이 마루 틈에서 기어 나왔다. 까맣고 기다란 줄을 이루며 눈깔사탕에 달라붙었다.

“내가 너무 늙어 방귀가 쉴 새도 없이 나오는구나.”

그녀는 미닫이 문짝들이 덜덜덜 뒤흔들리도록 방귀를 연달아 뀌었다.

“막걸리를 반 주전자만 달래요.”

나는 주전자를 얼른 그녀에게 내밀었다.

“외상으로 달래요. 깨를 팔면 갚겠대요.”

“흥, 깨를 팔면?”

그녀의 퍼렇게 늘어진 볼이 부들부들 떨렸다.

“이번 장날에는 꼭 깨를……”

“그놈의 깨는 팔기도 전에 썩어서 버리겠구나.”

할머니는 깨를 판다, 판다 하면서도 팔지 않고 있었다. 저번 장날에도 할머니는 판다던 깨는 팔지 않고, 말린 고사리와 취나물만 내다 팔았다.

옥천 할마는 개미가 달라붙어 악을 써대는 입을 손등으로 훔치며 몸을 일으켰다. 쿵, 방귀를 뀌고는 어두컴컴한 부엌으로 들어갔다.

나는 옥천 할마가 골백번은 죽은 사람이라는 것도, 북쪽 나라의 황후였다는 것도, 구렁이 같은 흰 비단으로 목을 친친 감고 죽어야

했다던 것도 곧이곧대로 믿기로 했다.

"외상으로 받아 간 막걸리 값을 다 갚으려면 깨를 족히 열 말은 팔아야 할 거라고 전하거라."

나는 막걸리가 든 주전자를 얼른 받아 가지고 옥천가게를 나왔다. 광에서도 다락에서도 부엌에서도 깨를 못 본 걸 보면, 깨가 없는 게 아닐까. 장날 내다 팔 깨가 한 주먹도 없는 게 아닐까.

할머니는 내가 막걸리를 받으러 간 동안, 허연 배추전을 한 소쿠리나 부쳐놓고 기다리고 있었다.

"옥천 할마가 그러는데, 외상으로 받아다 마신 막걸리 값을 다 갚으려면 깨를 열 말은 팔아야 할 거래."

나는 주전자를 마루에 던지듯 내려놓으며 퉁명스럽게 말했다.

"노망난 늙은이 같으니라구, 열 말은 뭔!"

할머니는 손으로 배추전을 죽 찢어 입으로 가져갔다. 도대체 뭔 맛인지 모르겠는 배추전이 할머니는 전 중에 가장 맛있다고 했다.

할머니가 막걸리를 마시고 쓰러져 잠든 뒤, 나는 광과 다락, 부엌을 샅샅이 뒤지고 다녔지만 깨를 찾아내지는 못했다. 내가 찾아낸 것이라고는 빨래판만 같은 미역과 깨지고 금 간 사기그릇, 거무스름하게 말려 뭉쳐놓은 나물들, 노르께한 소금 한 봉지, 한 주먹이 될까 말까 한 엿기름, 온갖 자잘한 씨앗들, 둘둘 말아놓은 백노지, 깜장 콩뿐이었다.

나는 골방도 뒤지고 싶었지만, 골방 문은 차마 열 수가 없었다.

벼락 치는 밤

싸릿대 같은 비가 나흘 내내 내렸다. 장마라고 했다.

할머니는 집 뒷산이 무너져 내리기라도 할까 봐 땅이 꺼져라 걱정을 했다. 할머니는 내가 태어나던 해, 장마가 유난히 극성맞았다고 했다. 양동이로 들이붓듯 퍼붓는 비를 이기지 못하고, 뒷산이 무너져 내렸다고 했다. 시루떡 같은 흙더미가 와르르 떠밀려와 지붕을 무너뜨리고, 뒷마당 우물을 덮쳤다고 했다.

"그게 그러니까 네년이 태어나던 해에 말이다, 꼭 그해에……"

할머니의 중얼거림은 괘종시계의 데엥 데엥 소리와 섞여 음울하게 울려 퍼졌다. 습기를 잔뜩 먹어서인지 데엥 소리는 무겁게 늘어졌다.

왜 하필이면 내가 태어나던 해인가. 그러니까 꼭 내가 태어나던 해에……

내가 태어나던 해에 아버지는 취직이 안 되어 판들판들 놀고 있었고, 춘자 고모는 맹장수술을 했으며, 할머니는 고구마를 먹다가 앞니 두 개가 빠져버렸다고 했다. 엉뚱하게도 방앗간 할머니의 오른팔이 기계에 딸려 들어간 해도 하필이면 내가 태어나던 해라고 했다. 그래서일까, 나는 스스로가 아무래도 저주나 재앙의 씨앗, 불행의 전조처럼만 생각되었다. 그러니까 그 모든 불행한 일들이 내가 태어나는 바람에 벌어진 것이라는. 내가 엄마의 다리 사이를 찢고 이 세상에 태어나는 순간, 불행들이 한꺼번에 닥친 것이라는…… 그래서 할머니는 그렇게나 나를 구박하고, 못 잡아먹어서 안달인 걸까. 손가락들이 아리도록 마늘을 까라고 하는 걸까.

마당에 바위처럼 들어찬 어둠을 쪼개며 벼락이 쳤다.

할머니가 벌컥 방문을 열고는, 벼락이 치는 마당을 내다보았다.

"벼락을 봐라……"

할머니의 목소리가 주술처럼 들려왔다.

"내가 꼭 너만 할 때였다. 벼락을 맞아 낯짝이 홀라당 타버린 사람을 봤지……"

그녀가 내뱉는 탄식 끝에, 뒷산 아카시아나무가 벼락을 맞아 쓰러지는 소리가 들렸다.

"세상천지 가장 무서운 게 저 벼락이다."

할머니는 중얼거리며 내 엄지손가락만 한 봉초를 입에 물고 성냥을 그었다. 습기를 머금어서인지 성냥은 좀처럼 불이 붙지 않았다. 벼락이 무서워 못 오나? 벌써 양은대야 공장에서 돌아왔어야 할 춘자 고모가 오지 않고 있었다. 성냥을 여섯 개나 버리고서야 간신히 봉초에 불이 붙었다.

"그럼, 낯짝이 타버린 사람은 죽었나?"

"죽긴……!"

할머니의 아궁이처럼 시커먼 입에서 노란 봉초 연기가 피어올랐다.

"낯짝이 싹 타버려두 끊어지지 않는 것이 목숨인가 하믄, 대접 물에 코를 박고두 허망허고 우습게 나가떨어지는 게 목숨이다."

할머니는 벼락이 무섭다 하면서도, 벼락이 쳐대는 어둠 속을 뚫어져라 바라보았다.

"목숨이란 게 그런 것이다……"

그녀는 반쯤 타들어간 봉초 끝을 손가락으로 꾹꾹 눌러 껐다.

할머니가 쓰러지듯 누워 잠든 뒤에도 나는 잠들지 못했다. 벼락에 낯짝이 싹 타버렸다는 사람이 마당 어둠 속에 서 있을 것만 같아서였다. 억세게 내리치는 빗줄기를 맞으며, 방 안의 나를 빤히 바라보고 있을 것만 같아서였다.

또 울 때가 된 것도 같은데 괘종시계가 울지 않았다.

뒷산 아카시아나무들을 모조리 쓰러뜨릴 것 같던 벼락이 물러가고 날이 희부옇게 밝아오도록, 춘자 고모는 양은대야 공장에서 돌아오지 않고 있었다.

장마 내내 방앗간 할머니는 잘려나간 오른팔을 쥐새끼들이 갉아 먹는 악몽에 시달렸다.

"아이고야 내 팔을 쥐새끼들이 다 갉아먹는구나."

방앗간 기계들은 그러나 모르는 척, 쇠냄새를 비리게 풍기며 엉큼을 떨었다.

마을은 지렁이 천지가 되었다. 할머니 집 마당도 지렁이들로 바글거렸다. 마을 어느 집 마당보다도 더 극성스럽게 바글거렸다. 지렁이들은 몸뚱이가 으깨져도, 두 쪽 세 쪽이 나도 죽지 않고 살아 꿈틀거렸다. 나는 지렁이의 끈적끈적하고 말랑말랑한 몸뚱이가 아무래도 징그럽기만 했다.

담배꽃 무덤

장마가 지난 뒤, 장대 아저씨의 담배밭은 꽃들 천지가 되었다.

접시 모양으로 벌어진 보라색 꽃들을 인숙은 담배꽃이라고 했다. 담배꽃은 매가리가 없어 보일 만큼 기다랗게 웃자란 가지 꼭대기에 서너 송이씩 무리를 지어 피어 있었다.

"저 꽃에서는 고약한 냄새가 나."

내 눈에는 예쁘기만 한 담배꽃들을 보고, 인숙은 얼굴을 밉게 찌푸렸다. 그러나 담배꽃 냄새를 한 번도 맡아본 적이 없는 나는 그 냄새가 얼마나 고약한지 알지 못했다. 옥천 할마의 방귀 냄새만큼이나 독한가? 골방 할아버지의 똥냄새만큼이나 독한가?

"우리 엄마는 꽃들 중에 담배꽃이 가장 불쌍하대."

인숙은 자신도 담배꽃이 불쌍해 죽겠다는 듯 쯧쯧 혀를 찼다.

"담배꽃을 따줘야만 담배농사가 잘된다지 뭐여."

일 년 중 낮이 가장 길다던 날, 담배밭을 지나던 나는 장대 아저씨가 낫을 휘둘러 담배꽃들을 뚝뚝 베어내는 것을 보았다. 장대 아저씨는 날이 사납게 벼려진 낫으로 담배꽃들의 모가지를 토옥, 토옥, 쳐내고 있었다. 담배꽃들은 비명을 내지르듯 팽그르르 휘돌며 땅바닥으로 꼬꾸라졌다.

담배꽃을 왜 베어버리나? 불쌍한 담배꽃을? 냄새가 고약해서 베어버리나?

나는 담배밭 맞은편 들깨밭에 숨어 담배꽃들의 모가지가 허무하게 잘려나가는 것을 똑똑히 지켜보았다.

장대 아저씨는 마치 춤이라도 추듯 휘적휘적 낫을 휘둘렀다.

나는 그 몰래 모가지가 잘린 담배꽃들을 거두어, 뒷산 누구의 것인지도 모르는 무덤에 뿌렸다. 무덤은 이내 꽃무덤이 되었다. 담배꽃 무덤이 되었다. 인숙의 말대로, 담배꽃에서는 고약한 냄새가 났다. 할머니가 밤마다 백노지에 꾹꾹 말아 피우는 봉초 냄새만큼이나 독하고 맵싸한 냄새가 났다.

동화는 담배꽃…… 모가지가 잘려 무덤가에 뿌려진 담배꽃……

나는 무덤 옆에 누워 노래를 부르다가 까무룩 잠이 들었다. 날이 어둑해져서야 깨어나서는 그새 시들어버린 담배꽃들을 보고, 담배꽃들이 내 잘려진 머리인 양 화들화들 떨었다.

피어나는 족족 낫으로 베어버리는데도 담배꽃은 꾸역꾸역 피어났다.

나는 장대 아저씨가 낫으로 담배꽃을 베어내다 발작을 일으키며 쓰러지는 광경을 보기도 했다. 그는 담배꽃을 향해 낫을 휘두르며 꼬꾸라졌다. 모가지가 미처 꺾이다가 만 담배꽃이, 그를 바라보고 있었다. 모가지를 끄덕끄덕 흔들며. 끄덕끄덕. 내 얼굴만큼이나 커다란 담배꽃이 끄덕끄덕.

나는 한동안 장대 아저씨의 담배밭 근처에는 얼씬도 하지 않았다. 나는 담배밭을 지나가지 않으려고 마을을 빙 돌아 인숙의 집을 찾아갔다. 장대 아저씨가 낫으로 다 베어버려, 담배꽃이 한 송이도 남아 있지 않을까 봐서.

단 한 송이도.

처녀 아비가 문둥이라지

태식 삼촌이 장가를 간다고 했다.

장가가는 것이 마냥 좋은가, 그는 머리를 긁적이며 실없이 웃기만 했다. 붉은 수탉의 모가지를 비틀면서도, 펄펄 끓어오르는 물에 수탉을 담그면서도 웃었다. 수탉의 털을 죄 쥐어뜯으면서도 웃었다. 식칼로 수탉의 배를 가르면서도 웃었다. 뱃속 내장을 손으로 긁어내면서도 웃었다. 수탉의 대가리와 두 다리, 두 날개를 탁탁 끊어내면서도 그는 실없이 웃기만 했다.

그저 웃기만.

그래서일까? 수돗가 한쪽에 수북이 쌓인 닭털들도 비린내를 풍기며 자기들끼리 웃고 있는 것만 같았다. 댕강 잘린 닭의 대가리도 노란 부리를 벙긋 벌리고는, 웃고 있는 것만 같았다.

나는 몰래 닭의 대가리를 훔쳐내 방앗간 뒷마당으로 갔다. 땅을 파, 실없이 웃고만 있는 닭의 대가리를 파묻었다. 웃지 좀 말라고, 지랄하지 좀 말라고, 닭의 대가리를 땅속에 파묻었다. 혹시라도 부리가 삐져나올까 봐 두 발로 꾹꾹 땅을 다졌다. 나는 태식 삼촌이 장가를 가는 게 그저 싫고 부아가 났다.

태식 삼촌의 색시가 될 여자는 저기 아래쪽 처녀라고 했다.

"아래쪽?"

그가 웃으며 고개를 끄덕였다. 내가 땅속에 묻은 닭의 대가리도 고개를 끄덕이고 있을 것만 같았다.

장날, 방앗간 할머니는 읍내에서 사람을 불러다가 태식 삼촌이 쓰던 방을 신혼방으로 꾸몄다. 사방 벽마다 노란 꽃이 그려진 벽지를 바르고, 노란 장판지까지 깔았다. 색시의 집에서 보내온 두 짝 장롱과 화장대까지 들이자, 마을에서 가장 깨끗하고 아늑하며 빛나는 방이 되었다.

그런데 이상하게도 할머니들의 눈에는 반질반질하니 좋기만 하다는 화장대 거울이, 내 눈에는 흐리멍텅하게만 보였다. 마을에 드는 순간 화장대 거울은, 맑은 기운을 잃고 탁하고 흐리게 가라앉았던 것이다. 그러니까 마을의 다른 거울들처럼 그 속을 도무지 알 수 없을 만큼 비밀스럽고도 의뭉스럽게……

그로부터 며칠 뒤.

"이를 어쩌누? 처녀 애비가 문둥이라지 뭔가……!"

방앗간 할머니가 외팔로 벽을 쳐대며 한숨을 쉬었다.

“문둥이 말이다, 문둥이……”

“형님, 문둥이 딸인 걸 몰랐소?”

할머니가 보통 일이 아니라는 듯 정색을 하고 물었다.

“중매쟁이가 말을 안 허는디 문둥이 딸인 걸 으떻게 알았겠누?”

“중매쟁이가 몰랐을까?”

“모르겠다, 나두…… 그 여편네가 처녀 집과 짜구서 그렸는지……”

“그려서, 장가를 보낼 거요?”

“태식이 놈이 장가를 못 가 환장을 혔는가, 죽어도 장가를 가겄다고 저 지랄이니……”

방앗간 할머니는 벽을 쳐대던 외팔로 자신의 가슴을 쳐댔다.

“문둥이가 보통 병도 아니구……”

할머니가 고개를 저었다.

“그르게 말이다…… 무섭기로 치자믄 간질병보다 무서운 병이 아닌가……”

“형님두 참, 몸뚱이가 썩는 병인디 오죽헐까.”

실없이 웃기만 하던 태식 삼촌은 기어이 장가를 가겠다고, 소주를 댓병이나 들이마시고는 밤새 신작로를 쥐약 먹은 개처럼 북북 기어다녔다. 나는 그저, 땅속에 묻은 닭의 대가리가 땅 위로 비죽비죽 부리를 내밀기라도 할까 봐 걱정이 되었다.

일곱 밤 뒤, 애비가 문둥이라는 색시는 노란 택시를 타고 마을에

들었다. 인숙과 나는 색시가 왔다는 소식을 듣고 방앗간으로 달려
갔다.

색시는 마을 할머니들한테 빙 에워싸여 죄인처럼 앉아 있었다.
분홍 한복을 입고는 고개를 외로 떨어뜨리고 있었다. 라면 가닥처
럼 보글보글한 머리카락이 처녀의 턱이며 귀며 목덜미를 가리듯 덮
고 있었다.

"우리 엄마가 그러는디, 문둥이 딸이라 입이 읎대."

인숙이 내 귀에 대고 소곤거렸다.

"입이?"

"엉, 입이 읎다지 뭐여."

정말인가? 색시의 입이 정말로 없는가? 나는 그러나 색시가 좀
처럼 고개를 들지 않아 색시의 입이 있는지 없는지 도무지 알 수가
없었다. 머리카락 때문인가, 얼굴이 어둡게 그늘진 게 입이 없는 것
도 같았다. 감쪽같이 지워져, 없는 것도 같았다. 입이 없으면 밥은
어디로 먹나? 코로 먹나? 귀로 먹나? 똥구멍으로 먹나?

"똥구멍으로?"

인숙이 큭큭큭 터져 나오는 웃음을 간신히 참으며 물었다.

"똥구멍으로는 밥을 못 먹나?"

"큭큭, 똥구멍으로 밥을 묵는대, 똥구멍으로, 큭큭."

"똥구멍이나 입이나……"

"그름, 똥구멍으로 똥두 누고 밥두 묵나? 밥을 묵다 똥이 마려우
믄?"

인숙과 나는 시끄럽게 떠들고 웃다가 마당으로 쫓겨났다.

할머니들은 색시가 가져왔다는 인절미와 편육과 부침개를 나누어 먹었다. 방앗간 할머니는 닭을 다섯 마리나 삶아 마을 사람들에게 내놓았다. 대가리와 다리를 잘린 채 푹 삶아진 닭들이 접시에 담겨 상 위에 올려졌다. 닭들은 벌거벗겨지고 발갛게 익혀진 몸뚱이로 허연 김을 모락모락 피워올렸다. 할머니들은 얼굴과 손이 기름으로 범벅이 되도록, 닭을 뜯어먹었다. 할머니도 닭의 퍽퍽한 살점을 쪽쪽 찢어먹었다.

색시의 입이 정말 없는가?

다음 날, 나는 아침을 먹자마자 색시의 입이 정말 없는가 보려고 방앗간을 찾아갔다. 색시는 부엌에서 석유풍로를 피우고 있었다. 색시가 흰 수건을 머리에 푹 뒤집어쓰고 있어서, 나는 색시의 얼굴을 좀처럼 볼 수가 없었다. 색시가 내 쪽으로 고개를 돌렸다. 하필이면 그 순간 풍로에서 새카만 그을음이 피어올라 색시의 얼굴을 삼켜버렸다. 그을음 때문에 나는 색시의 얼굴을 제대로 볼 수 없었다.

"뭐 허냐?"

태식 삼촌이 내 귀를 잡아당기며 물었다.

"색시가 입이 없나?"

"뭔 소리냐?"

"문둥이 딸이라 입이 없나?"

"입이 없는 사람도 있냐!"

그가 버럭 화를 내며 내게 꿀밤을 먹였다. 나는 정말로 색시의 입이 없었으면 했다. 나는 색시의 입이 정말로 없더라고 인숙에게 거짓말을 했다.

"말상이여, 말상! 말상만한 박색도 읎지."

할머니는 색시가 말상에 박색이라고 흉을 봤다. 그렇지만 나는 말상이 뭔지도 박색이 뭔지도 몰랐다.

"말상이여, 말상!"

나는 할머니처럼 중얼거리며 마늘을 까고 또 깠다.

잉어가 고아지는 밤

"잉어를 잡으러 가자."

"잉어……?"

"저수지에 가면 잉어가 살지. 사람 팔뚝만 한 잉어가 살지. 사람 머리만 한 자라도 살지."

태식 삼촌을 따라 생전 처음 가본 저수지는 무섬을 주었다. 저수지 물은 칡을 우려낸 물보다도 거무스름했다. 이끼 같은 것이 떠다녀 그 속을 도무지 들여다볼 수 없었다. 저수지가에 수북수북 자라난 풀들은, 검푸르고 썩은 내를 풍겼다. 저수지 저 너머는, 할아버지의 등처럼 깎아지른 절벽이었다. 죽은 나무가 한 그루 절벽에 악착같이 매달려 있었다. 저수지 수면 위로 불쑥 솟아난 바위로 자라들이 기어올라와 납작 엎드려 있었다. 나는 저수지로 한 발짝 한 발짝 다가가 쪼그리고 앉았다. 저수지 수면으로 내 얼굴이 떠올랐다.

나는 저수지에 비친 내 얼굴도 마냥 무섭기만 했다. 나는 저수지 물에 손을 담그다 얼른 거두었다. 기껏해야 오른손 엄지를 조금 담갔을 뿐인데도, 저수지가 나를 통째로 집어삼키는 것만 같았다. 나는 발딱 몸을 일으켜 뒷걸음질을 쳤다.

태식 삼촌은 파란 추리닝 바지를 허벅지까지 둘둘 걷어 올리고는 저수지로 첨버덩첨버덩 걸어 들어갔다. 태식 삼촌이 그물을 드리워 자라를 잡는 동안, 나는 풀숲을 헤집고 다니며 보라색 꽃을 꺾었다. 한 무더기나 꺾은 보라색 꽃이 내 손아귀에서 허무하게 짓무르며 보라색 물이 들었다. 마늘독이 아리게 오른 손톱들에도 보라색 물이 들었다.

태식 삼촌은 자라를 두 마리 잡고, 잉어도 한 마리 잡았다. 눈동자가 개머루처럼 검고, 등이 검푸른 빛으로 뒤덮인 잉어였다.

날이 어둑해져서야 태식 삼촌과 나는 저수지에서 내려왔다. 나는 줄기마저 짓물러진 보라색 꽃들을 한 송이 한 송이 무덤들로 던지며, 자꾸만 뒤를 돌아보았다. 무섭기만 한 저수지 물이 사납게 일어, 나를 집어삼킬 것만 같아서였다. 자라들이 저수지 물 밖으로 기어나와 내 뒤를 줄줄 따라오는 것만 같아서였다. 절벽에 매달린 채로 죽은 나무의 가지들이 뻗어와 나를 옭아맬 것만 같아서였다.

꼭 그럴 것만 같아서⋯⋯

"잉어가 얼마나 힘이 세던지 송장을 꺼내는 줄 알았다니까."

태식 삼촌의 너스레에 방앗간 할머니도 할머니도 픽픽 웃었지만, 색시는 웃지 않았다. 색시는 어지간히도 웃지 않았다. 생전 웃지를 않아 속이 터진다고, 방앗간 할머니가 할머니한테 색시의 흉을 보았다.

방앗간 할머니는 고무통 속 잉어를 외팔로 쓰다듬으며 주술을 외우듯 중얼거렸다.

"쯧쯧, 잉어가 사람 얼굴을 하구 있구나."

"사람 얼굴을……?"

"사람 고기를 하두 뜯어먹어서 사람 얼굴을 하구 있구나."

나는 고무통 앞에 쪼그려 앉아 잉어의 얼굴을 빤히 들여다보았다. 잉어의 얼굴은 정말로 사람의 얼굴만 같았다. 더럭 겁을 먹은 사람의 얼굴을 하고는, 나를 바라보고 있는 것만 같았다.

"허긴, 저수지에서 빠져 죽은 사람이 어디 한둘이던가……"

할머니가 고무통을 들어, 그 안의 잉어를 검은 솥에 쏟으며 말했다. 잉어가 검은 솥 바닥에 들러붙듯 누워 지느러미를 가늘게 떨었다.

"거 왜, 작년 여름인가도 도회지에서 찾아온 남녀가 빠져 죽지 않았누."

"남녀가요……?"

검은 솥이 올려진 아궁이에 불을 지피던 색시가 호기심이 나는지 물었다. 아궁이에 쑤셔 넣은 나뭇가지들이 타닥타닥 타오르며 검은 연기가 피어올랐다.

"두 몸뚱이를 동아줄로 꽁꽁 묶고는 돌덩이들을 주렁주렁 매달고서 저수지로 뛰어들지 않았겠누."

방앗간 할머니가 마른 나뭇가지를 한 주먹 아궁이에 쑤셔 넣으며
말했다. 솥이 달구어지며 잉어가 몸부림을 쳤다.

"재작년 여름인가는 아이가 하나 빠져 죽었지……"

방앗간 할머니는 잉어가 튀어나오지 못하도록 외팔로 솥뚜껑을
꾹 눌렀다.

"동화, 너만 한 여자아이가 말이다."

나는 두 눈을 동그랗게 뜨며 솥을 짚고 있던 손을 떼어냈다.

"여자아이가……?"

나는 비명이라도 지르듯 새되게 소리 질렀다.

"꼭 너만 한 여자아이가 말이다."

방앗간 할머니가 외팔을 뻗어 내 머리를 쓰다듬었다. 방앗간 할
머니의 손에서 잉어의 비린 냄새가 났다. 태식 삼촌이 숫돌에 식칼
을 갈며 나를 흘끔 바라보았다. 추부이발관 오 씨 아저씨가 술에 취
해서는 고래고래 내지르는 소리가 신작로에서 들려왔다.

육십 촉 전구 불빛 아래, 태식 삼촌은 식칼로 자라의 모가지를 땄
다. 그가 식칼 든 손을 허공으로 들어올리는 순간, 식칼 그림자가
내 정수리를 향했다. 나는 입을 찢듯이 벌리고, 두 손으로 얼굴을
쥐어뜯듯이 감쌌다. 식칼이 자라의 모가지를 단번에 내리치는 것
을, 나는 똑똑히 지켜보았다. 자라의 모가지가 뎅강 잘리는 순간,
사방으로 튀던 핏방울들을…… 썩고 짓무른 앵두 같기만 한 핏방
울들을…… 잘린 모가지로 쿨럭쿨럭 피를 토하면서도 자라는 네
다리를 저벅였다.

태식 삼촌은 한 바가지나 받은 자라 피에 소주와 활명수를 섞어
넣었다.

"뭘 만드나?"

나는 떨려나오는 목소리로 간신히 물었다.

"자라주를 만들지."

"자라주?"

"자라 피로 담근 술 말이다!"

그가 나를 향해 입을 찢듯이 벌리고 웃었다. 자라 피가 튀어 번지
기라도 한 듯, 그의 두 눈동자가 붉었다.

"동화 너도 한 모금 마셔볼래?"

나는 혀가 눌리도록 입을 꾹 다물고 고개를 저었다.

검은 솥에서 잉어가 고아지는 동안, 마을은 괴이한 열기와 냄새
로 들끓었다. 지붕 위마다 고양이들이 혀라도 짓씹듯 울어대고, 모
기가 극성을 부렸다. 오 씨 아저씨는 머리가 휙 돌아 이발관 문짝을
왕창 부수었다. 인자 아줌마는 가위로 자신의 머리카락을 싹둑싹둑
잘랐고, 장대 아저씨는 낫을 휘둘러 성한 담뱃잎들을 똑똑 따고 다
녔다. 축사 사람들은 버려진 파밭 한복판에서 개를 때려잡았다. 춘
자 고모는 껌을 두 통이나 입에 넣고 질겅질겅 씹어대며, 발톱과 손
톱을 온통 새빨갛게 칠했다. 그리고 골방의 할아버지는 똥을 무더
기무더기 싸질렀다.

마을 사람들이 그렇게 미쳐가는 동안, 잉어는 푹 삶아져 형체도

없이 흐물흐물해져갔다. 사람의 얼굴을 한 잉어의 얼굴도 흐물흐물
해져만 갔다.

나는 검은 솥이 내뿜는 김을 머리부터 발끝까지 뒤집어쓰고는,
할머니를 따라 집으로 돌아왔다.

그날 밤, 나는 무서운 꿈을 꾸었다. 자라들이 나를 뒤덮고 있는 꿈
이었다. 뗏장처럼 나를 뒤덮고는, 내 살점을 야금야금 뜯어먹었다.

할머니는 잉어 곤 물을 한 대접 얻어다가 내게도 먹였다. 잉어 곤
물은 희멀겋고, 질척거렸으며, 구역질이 나도록 비린내를 풍겼다.
나는 숟가락으로 한 숟갈 한 숟갈 국물을 삼킬 때마다 잉어의 얼굴
을 떠올렸다.

사람의 얼굴을 한, 잉어의 얼굴을.

그해 여름, 잉어 곤 물을 한 그릇 먹어서인지 나는 키가 반 뼘은
자랐다.

꿈 깨라, 꿈 깨!

기껏해야 내 손바닥만 하던 깻잎들은, 하룻밤 만에 할머니의 손바닥만큼이나 커졌다.

미정네 들깨밭에서 깻잎 따기가 한창일 때, 도회지로 나간 언니오빠들이 마을로 돌아왔다. 언니오빠들은 도회지에서 학교를 다니다 방학 때면 마을에 내려온다고 했다. 도회지에서 스스로 밥을 지어 먹고, 빨래를 해 입고, 아침이 되면 스스로 일어나 학교에 다니다가……

여상에 다닌다는 인숙의 언니들도 마을에 돌아왔다.

내가 장대 아저씨 몰래 시퍼런 담뱃잎을 한 장 꺾어 들고 찾아갔을 때, 인숙은 언니들과 마루에 둘러앉아 라면을 먹고 있었다. 인숙의 언니들은 얼굴이 백분처럼 희고 동그랬으며, 새카만 머리카락을 허리까지 길게 기르고 있었다.

"인숙아 놀자……"

인숙은 못 들은 척, 언니들 틈에 인형처럼 얌전히 앉아서는 숟가락으로 라면 국물만 떠먹었다.

"저 애가 동화니?"

얼굴이 가장 동글동글한 언니가 나를 헬끔 바라보며 인숙에게 물었다.

"으응…… 재가 동화여……"

인숙이 코를 훌쩍이며 새침하게 말했다.

"쪼끄만 게 보통내기가 아니게 생겼구나."

또 다른 언니가 내게 들으라는 듯 말했다. 나는 인숙의 언니들을 흘겨보다가 휑하니 돌아섰다.

인숙의 언니들은 낮이고 밤이고 마루에 나와 앉아, 손가락이 부러져라 타자기를 쳐댔다. 그 언니들은 날마다 호박부침개를 부쳐 먹고 감자를 쪄 먹어, 팔뚝과 허벅지에 빵빵하게 살이 올랐다. 그렇지 않아도 동그란 얼굴들이 더 동그래져갔다.

인숙은 언니들이 여상을 나오면 은행원이 될 거라고 했다.

"엄마가 그러는디 은행원이 되믄 시집을 잘 갈 수 있대. 부잣집 아들한테 시집을 갈 수 있대."

인숙은 자신도 커서 은행원이 될 거라고 했다.

나는 인숙의 언니들이 부럽기만 했다. 은행원이 꿈이라는 그 언니들처럼 허리까지 닿도록 머리를 길게 기르고, 열 개의 손가락을 능숙하게 놀려 타자기를 치고 싶었다. 탁, 탁, 탁, 탁, 탁. 나는 할머니 집 마당에 대고 타자기의 자판을 누르듯 손가락을 놀렸다. 그 언니들처럼 빠르게 손가락들을 놀리고 싶었지만, 내 손가락들은 나무젓가락만큼이나 제멋대로이고 뻣뻣했다.

"나는 커서 은행원이 될 거야."

나는 춘자 고모가 양은대야 공장에서 돌아오기를 기다렸다가 말했다.

"꿈 깨라, 꿈 깨!"

춘자 고모가 빨랫비누처럼 커다랗고 투박한 발로 내 머리를 툭 찼다.

"은행원은 아무나 되냐?"

뭐가 또 그렇게나 기분 나쁜지 춘자 고모는 이불을 푹 뒤집어쓰고는 짝짝짝 껌을 씹어댔다.

그렇지만 나는 정말로 은행원이 되고 싶어서 그렇게 말한 것이 아니었다. 나는 은행원을 한 번도 본 적이 없을뿐더러 은행원이 무슨 일을 하는지도 몰랐다. 게다가 나는 은행원은커녕 뭐가 되고 싶다는 생각을 한 번도 해본 적이 없었다. 나는 그저 어서어서 백 밤이 지나가고 아버지가 나를 데리러 오기만을 바라고 바랐다. 아버지를 따라 마을을, 할머니 집을 떠났으면 하고…… 흐려터진 거울 속처럼 답답하기만 한 이곳을 어서어서.

꿈 깨라, 꿈 깨!

송곳처럼 내리꽂히던 춘자 고모의 그 말이, 내 머릿속에서 떠나질 않았다. 혹시 춘자 고모도 은행원이 꿈이었나? 중학교밖에는 나오지 못해서 은행원이 못 되고 양은대야 공장의 공순이가 되었나? 나는 물어보고 싶었지만, 춘자 고모가 하도 미친 듯이 껌을 씹어대서 물어보지 못했다. 나는 어쩐지 춘자 고모가 씹고 있는 게, 껌이 아니라 혓바닥일 것만 같은 생각이 들었다.

그러니까 춘자 고모가 자신의 혀를 저주라도 하듯 그렇게나 짓씹어대고 있는 것만 같은……

저절로 자라나는 것들

장날, 인자 아줌마가 내게 입히라며 분홍색 원피스를 한 벌 사들고 왔다. 허리에 해바라기만큼이나 큼직한 리본이 날아갈 듯 달리고, 너풀너풀한 치마폭이 활짝 펼쳐지는, 인숙도 미정도 생전 못 입어봤을 것 같은 나일론 원피스였다.

"팔푼이 여편네가 어쩐 일이다냐? 네년 옷을 다 사들구 오구?"

할머니는 손으로 자꾸만 원피스를 쓰다듬었다.

"팔푼이 여편네가 그려두 돈푼깨나 주구 사왔을 텐디 입어봐야지?"

"싫어."

나는 입지 않겠다고 버텼다.

"요년이 환장을 했나?"

할머니는 파리채를 집어 들어 내 머리며 어깨를 마구 후려쳤다.

"싫어!"

나는 어쩐지 그 원피스를 입으면 안 될 것 같았다. 그 원피스를 덥석 받아 입으면, 인자 아줌마의 죽은 아들한테 꼼짝없이 시집을 가야만 할 것 같아서였다.

"지랄 맞은 년!"

할머니는 파리채를 집어 들어 내 머리를 냅다 후려치고는, 원피스를 방구석으로 던져버렸다.

"네년이 안 입으믄 인숙이나 줘야 쓰겄다."

저녁나절 내내, 할머니는 앉은뱅이걸음을 하고는 양철대문 주변에 수북하게 자라난 잡풀을 호미로 파냈다.

"저절로 자라는구나. 잡놈의 풀들이 징글징글맞게두 저절로 자라나……!"

"잡놈의 풀……?"

"무쳐 먹지두, 삶아 먹지두, 그렇다구 약으로 쓰지두 못허는 쓰잘때기 읎는 풀이니 잡놈의 풀이지……"

징글징글맞게도 저절로 자라난다는 말이, 나는 아무래도 나한테 하는 소리만 같았다. 할머니하고 춘자 고모한테 날마다 욕을 바가지로 얻어먹고 구박을 받으면서도, 나는 저절로 자라나고 있었던 것이다. 언제 자랐나 싶게, 메마른 땅을 찢고 줄기를 뻗어 올리는 잡풀들처럼 악착같이……

할머니가 뿌리째 뽑아버린 잡풀들은 시름시름 말라갔다.

할머니의 말대로 잡놈의 풀들은 뽑아도, 뽑아도 저절로 자라났

다. 잡놈의 풀이라는 소리나 들을 걸, 징글징글맞다는 소리나 들을
걸, 호미질에 뿌리까지 뽑혀 말라죽을 걸 왜 저리도 자라나는 걸
까?

"잡놈의 풀들이 왜 자꾸 자라?"

밤에 나는 이불 속에 누워 할머니에게 물었다.

"망할 년! 그거야 이치라서 그렇지."

"이치……?"

"세상천지 뭐구 이치가 없는 게 있는 줄 아냐?"

할머니는 서너 마디 더 주문처럼 중얼거리다가 코를 골며 잠들었
다. 춘자 고모는 양은대야 공장에서 돌아오지 않고 있었다.

저절로 자라나는 것만 보면, 나는 참지 못하고 기어이 중얼거렸다.

"징글징글맞게도 저절로 자라나는구나!"

마을은 그러나 저절로 자라나는 것투성이였다. 거름을 주지 않아
도 저절로 자라나는 것들이 논밭에도, 길바닥에도, 산에도, 산속 무
덤들에도, 집집 마당에도 넘쳐났다.

할머니는 날마다 미정네 깨밭으로 깻잎 따는 일을 하러 다녔다.
불덩이 같은 햇볕 아래서 종일 깻잎을 따고, 그것을 차곡차곡 간추
려 다발로 묶는 일을 했다. 깻잎을 하도 따서인가? 할머니의 손가
락들은 깻잎물이 들어, 썩어들고 있는 듯 거무스름해져갔다. 깻잎
따는 일을 다니면서부터 할머니는 밤마다 중국에서 들여왔다는 약
을 먹고서야 간신히 잠들었다. 염소 똥처럼 까맣고 둥글둥글하게

생긴 약이었는데, 할머니는 그 약을 오래오래 씹어 삼켰다.

그 약을 삼키고 난 뒤면 할머니의 말은 한없이 늘어졌다.

"어디 네년도 한 알 먹어볼 테냐?"

할머니가 엿가락처럼 늘어지는 소리로 그렇게 물어올 때마다 나는 입을 꾹 다물고 도리질을 쳐댔다.

할머니는 말뿐만 아니라 손짓발짓까지도 늘어졌다. 할머니는 물에 빠진 사람처럼 손발을 허우적대며, 묵은 깨처럼 꼭꼭 싸두었던 이야기들을 앞뒤도 없이 꺼내놓았다.

"네 어미 년을 첨 봤을 적부텀 멀쩡히 살림허구 살 년은 아니라는 걸 단박에 알아봤지…… 애부터 덥석 배서는 찾아왔는데…… 여편네가 입이 쭉 찢어지구, 웃을 때 잇몸이 다 드러나 보이는 게 팔자가 모질구 드셀 관상이었지. 요놈저놈 떠돌며 살아봐야 제 년 몸뚱이만 걸레처럼 너덜너덜해질 뿐이지. 어느 얼빠진 놈이 귀하다 떠받들구…… 어느 넋 빠진 놈이 평생 데리구 살아줄까. 뻔할 뻔 자지…… 뻔할 뻔 자…… 그 미친년이 조강지처보다 무서운 게 조강지부인 것두 모르구……"

이방인의 아이들

장대 아저씨의 담배밭, 무섭게 우거진 담뱃잎들은 조금씩 노란빛을 띠어갔다. 봄 내내 낮으로 담배꽃을 죄다 따주어서일까. 마을 어른들은 장대네 담배밭이 그 어느 해보다도 풍년이라며 부러워들 했다. 그러나 담뱃잎이 한 장이라도 더 열릴수록 좋아 죽는 건 장대 아저씨가 아니라 구대 아저씨였다. 장대 아저씨는 오늘이 열여드레인지 열아흐레인지도 분간 못할 만큼 흐리고 오락가락하기까지 한 정신으로, 혼자 담배농사를 짓느라 얼굴과 몸뚱이가 비쩍 타들어갔다.

방앗간 할머니 말에 의하면 구대 아저씨는 담뱃잎 한 장 따는 일조차 거들지 않는다고 했다.

"머슴도 그런 머슴이 어딨누?"

"구대보다두 그 여편네가 더 야멸치구 극성이라니까요. 명색이 시동생인데 반말을 찍찍 써가믄서, 반찬을 가져다 줘두 다 말라비

틀어져 개새끼두 마다하는 거나 가져다 준다구 하드만!"

"그 여편네 극성이야 읍내에서도 알아주지 않누? 이 마을로 시집을 오던 그날로부터 경우라고는 벼룩의 간만큼도 읎는 여편네로 소문이 났지."

나는 담뱃잎을 한 장 꺾어 들고 축사를 찾아갔다. 담뱃잎을 흐느적흐느적 흔들어대던 내 눈에 여자애들이 들어왔다. 내 또래인 듯한 여자애들이 버려진 파밭에 나와 앉아 있었다.

나는 담뱃잎을 흔들며 여자애들을 살폈다. 축사 아이들을 본 적은 여러 번 있었지만, 여자애들을 본 것은 처음이었다. 축사 아이들은 대개 나보다도, 인숙보다도 어렸다. 여자애들은 머리가 기형적으로 컸으며, 터지기 직전의 풍선마냥 빵빵하게 살이 올라 있었다. 그리고 여자애들은 생긴 게 똑같았다. 그리고 둘 다 노란 원피스를 입고 있어서, 더 똑같아 보였다. 소꿉놀이라도 하는지 여자애들은 돌멩이를 잔뜩 늘어놓고 있었다. 돌멩이에 대고 풀을 빻던 여자애들이 고개를 들어 나를 빤히 바라봤다.

나는 담뱃잎을 살랑살랑 흔들며 한 발짝 한 발짝 여자애들 쪽으로 다가갔다.

여자애들이 갑자기 파밭이 떠나가도록 웃음을 터뜨렸다. 나는 여자애들이 웃는 게 기분 나빴다. 내가 할머니 집에 얹혀살고 있다는 것을, 하루 종일 죽어라고 마늘을 까도 할머니한테 욕을 바가지로 얻어먹는다는 것을, 엄마가 바람이 나 도망가버렸다는 것을, 일곱

까지밖에는 셀 줄 모른다는 것을 여자애들이 다 알고 있는 것만 같아서였다.

"웃지 마!"

나는 여자애들을 향해 소리를 질렀다.

"씨팔년들이 환장을 했나!"

여자애들이 고무처럼 물렁물렁한 몸을 뒤틀며 자지러지게 웃었다. 나는 마늘독이 잔뜩 오른 손톱을 날카롭게 세워, 여자애들 중 한 명에게 달려들었다. 눈 깜짝할 새에 그 애의 얼굴을 할퀴어놓았다. 깜짝 놀란 여자애들이 도망치듯 축사 쪽으로 뛰어갔다. 축사에 달린 열 개도 넘는 문들 중 두번째 문 안으로 뛰어 들어갔다.

나는 여자애들이 뛰어 들어간, 꼭 닫힌 문 앞에 서서 분에 못 이겨 소리를 질렀다.

"씨팔년들아아—!"

나는 문 밖에서 여자애들이 나오기만을 기다렸다. 문 안에서 그릇 부딪치는 소리가 들려오더니, 라면 끓이는 냄새가 문틈으로 폴폴 새어 나왔다. 나는 나무판때기에 지나지 않는 문짝에 대고 침을 퉤 뱉었다.

날이 어두워지고, 양은대야 공장에 일을 나갔던 축사 사람들이 죽은 염소 같은 그림자를 질질 끌며 돌아왔다.

어둠 속에서 웬 아저씨가 불쑥 튀어나왔다. 아저씨는 플래시 불빛으로 내 얼굴을 비추며 말했다. 플래시 불빛이 빙글빙글 돌며 내 얼굴을 비추고 있어서 나는 눈을 제대로 뜰 수가 없었다.

“넌, 그 못생긴 애가 아니냐?”

나는 순간 자신도 모르게 뒷걸음질을 쳤다.

“못생겨도 너무 못생겨서 공순이밖에는 될 게 없는 애가 아니냐.”

“아니에요……”

“아니긴 뭐가 아니냐! 얼굴이 못생긴 애가 맞는데.”

“아니라니까요!”

나는 고개를 저으며 뒷걸음질을 치다가 할머니 집으로 뛰어갔다.

내가 축사의 쌍둥이 여자애들을 다시 본 것은 며칠이 지나서였다.

그 애들은 문을 활짝 열어두고는, 엉성하고 좁아터진 방 안에서 한 몸뚱이처럼 뒤엉켜 있었다. 그 애들이 나를 보고는 또 웃었다. 나도 괜히 웃음이 터져 나왔다.

“씨팔년들이? 웃지 말라니까!”

나는 방 안으로 뛰어 들어갔다.

“웃지 말라니까!”

나는 그 애들과 뒤엉켜서는 배꼽이 빠져라 웃었다.

그 애들은 바보였다. 바보천치들이라서, 서로를 헷갈려 했다. 나는 그 애들이 부러웠다. 그 애들처럼 나도 이 세상에 나와 똑같이 생긴 여자아이가 한 명 있었으면 했다. 나와 똑같이 생긴 여자아이와 똑같은 옷을 입고는 마늘도 함께 까고, 거울도 함께 닦고, 걸레도 함께 빨고 싶었다. 신작로도 함께 내달리고 싶었다. 나와 똑같이 생긴 여자애에게 백 밤이 아직 멀었는가, 묻고도 싶었다. 나는 그 애들을 흉내 내려고 애썼다. 그 애들과 똑같이 말하고, 똑같이 웃고, 손짓발짓도 똑같이 하려고 했다. 그래서일까. 그 애들이 오줌이 마려워하면 나도 오줌이 마려웠다. 그 애들이 졸려하면 나도 졸렸다. 나는 그 애들과 똑같아져가고 있었다. 그리고 이상하게도 그 애들과 함께 있으면 엄마도 아버지도 보고 싶지가 않았다.

"사실은 말이야, 나도 너희들처럼 쌍둥이였어. 너희처럼 나랑 똑같이 생긴 애가 또 한 명 있었지. 나랑 똑같이 생긴 애가 말이야. 근데 엄마를 따라 시장에 갔다가 그 애를 잃어버렸어. 나는 워낙에 독한 애라 잘 울지 않지만, 그 애를 잃어버려서 펑펑 울었어. 밥도 안 먹고 잠도 안 자고 울기만 했어. 엄마는 그 애를 찾으러 갔어. 그 애를 찾으러……"

그 애들과 있으면 나는 거짓말이 술술 나왔다. 그 애들이 손톱만큼의 의심도 없이 내 거짓말을 믿어주어서일까? 나는 어쩐지 이 세상 어딘가에 나와 똑같이 생긴 여자애가 살고 있을 것만 같은 기분이 들었다. 내가 그만 잃어버린 여자애가 이 세상 어딘가에…… 그리고 엄마는 바람이 나서 도망을 간 게 아니라 그 애를 찾아 떠난 게 아닐까…… 그 애를 찾다 내 옆에 데려다놓으려고…… 내 옆에……

벌건 대낮의 축제

오빠들이 인숙네 고추밭을 가로질러 마을 뒷산으로 오르는 것이 보였다. 찬세 오빠가 거들먹거리며 앞장을 서서 걷고 있었다. 그 뒤를 태평 오빠가 카세트를 흔들며 어슬렁어슬렁 따르고 있었다.

열심히 타자를 쳐대는 인숙의 언니들과 달리, 오빠들은 집 나온 개처럼 몰려다녔다. 그늘지고 비밀스러운 곳만 찾아다니며, 소주를 마시고 담배를 피웠다. 싯누런 이를 드러내고는 서로를 향해 함부로 욕설을 내뱉고, 침이 튀도록 낄낄거렸다. 그래서인가, 오빠들은 모두 불량스럽고, 무기력하며, 불만에 차 보였다. 추부이발관 오 씨 아저씨의 아들인 찬세 오빠와 미정의 친오빠인 태평 오빠는 기술을 가르쳐주는 고등학교에 다닌다고 했다. 머리가 돌대가리라 공부도 지지리 못하고, 집에 돈도 없어 일찌감치 기술을 배운다고 했다.

해가 뜨겁다 못해 따가운 날이면, 오빠들은 하루 종일 저수지에서 헤엄을 치며 살았다. 찬세 오빠가 저수지 끝에서부터 끝까지 헤엄을 쳐서 건넜다는 소문이 마을 아이들 사이에 전설처럼 떠돌기도 했다.

오빠들은 아무래도 뒷산 저수지를 찾아가는 것 같았다. 그렇지 않아도 나는 오빠들이 저수지에서 그들끼리 뭘 하며 노는지 궁금했다. 헤엄을 치고, 담배를 피우고, 술을 마시고…… 그리고 또 뭘 할까? 나는 오빠들 틈에 끼어 놀고 싶은 충동이 들기도 했다. 오빠들과 노는 것이 인숙이나 미정과 노는 것보다 재미있을 것 같기도 했다. 나는 멀찍이 거리를 두고서 오빠들의 뒤를 쫓았다. 오빠들은 낄낄거리느라, 내가 자신들의 뒤를 쫓고 있는 걸 전혀 눈치 채지 못했다. 저수지에 다다르도록.

나는 커다란 바위 뒤에 숨어 오빠들을 지켜보았다.

오빠들은 저수지 가까이 자리를 잡고 둘러앉았다. 저수지가 떠나가도록 카세트를 틀어놓고는 담배를 피우고, 막걸리를 벌컥벌컥 마셔댔다. 카세트에서는 시끄럽고 괴상한, 한낮의 비명과도 같은 노래가 흘러나오고 있었다. 술이 어느 정도 오르자 욕설을 섞어가며 고래고래 소리를 질러댔다. 오빠들은 미쳐 있었다. 벌건 대낮부터 소주를 마시고 술에 취해서는 지랄 발광을 하고 있었다.

태평 오빠가 비틀비틀 일어서더니, 저수지 쪽으로 걸어갔다. 엉덩이를 까 내리고 오줌을 갈겼다.

“개새끼들아아— 다 뒈져버려라아—”

찬세 오빠가 웃통을 홀러덩 벗고는 저수지로 풍덩 뛰어들었다.

순식간에 저수지의 한가운데까지 헤엄을 쳐간 찬세 오빠는, 자라를 한 마리 잡아 가지고 저수지 밖으로 나왔다. 그는 자라를 머리 위로 번쩍 들어올리더니, 왕관을 쓰듯 그것을 머리에 얹어 보였다. 그것을 보고 다른 오빠들이 낄낄낄 웃었다.

오빠들은 나뭇가지들을 주워 모아 불을 피웠다. 세숫대야만 한 해가 오빠들의 머리 위에서 이글이글 타고 있어서, 불길은 순식간에 오빠들을 죄다 삼킬 듯 타올랐다. 찬세 오빠가 느닷없이 불길 속으로 자라를 던져 넣었다. 미쳐 발광하는 소의 혓바닥만 같은 불길에 자라가 날름 삼켜지는 순간, 나는 부르르 어깨를 떨었다.

'……!'

자라가 불길 속에서 타들어가는 동안, 오빠들은 아악아악 비명을 지르고, 쿵작쿵작 춤을 추었다. 불길을 가운데 두고 빙글빙글 춤을 추며 돌았다. 자라가 타들며 피어오르는 연기가 자꾸만 내 쪽으로 불어왔다. 나는 그만 마을로 내려가고 싶었지만, 꼼짝을 할 수가 없었다. 내가 조금이라도 움직였다가는 오빠들이 알아차릴 것만 같았다. 나를 끌어다가 불길 속으로 던져 넣을 것만 같았다.

불길이 잦아들며, 오빠들의 비명과 춤도 덩달아 잦아들었다.

해가 절벽 너머로 기울자, 저수지에 그늘이 졌다.

태평 오빠가 나뭇가지로 잿더미 속을 헤집어 자라를 찾아냈다. 재가 일어, 오빠들의 얼굴에 저주처럼 달라붙었다. 잿더미 속에서 꺼내진 자라는 등딱지까지 시커멓게 그을려 있었다. 찬세 오빠가 발딱 일어서더니 청바지 주머니에서 뭔가를 꺼냈다. 낯설고도 서늘하게 빛나는 것, 그것은 칼이었다.

찬세 오빠는 칼로 자라의 등딱지를 발라냈다. 저수지를 향해 등딱지를 내던지고는, 네 다리를 능숙하게 끊어냈다. 오빠들은 자라의 다리를 한 짝씩 나누어 들고는 으르렁으르렁 뜯어먹으며, 남은 소주를 마저 마셨다.

나는 그만 나도 모르게 비명을 지르며 침을 꿀꺽 삼켰다.

내가 숨어 있는 바위 쪽으로 태평 오빠가 고개를 홱 돌렸다. 다른 오빠들도 덩달아 바위 쪽으로 고개를 돌렸다. 순간 카세트에서 돌아가던 테이프가 탁, 소리를 내며 끊겼다. 닭만큼이나 검고 커다란 새가 저수지를 가로질러 날아간 뒤, 저수지에는 정적이 감돌았다.

태평 오빠가 엉거주춤 몸을 일으키더니 바위 쪽으로 한 발짝 한 발짝 다가왔다.

"넌, 누구냐?"

태평 오빠의 여드름투성이인 얼굴이 내 얼굴 바로 위에 있었다.

"……!"

"누구냐, 넌?"

"……!"

"누구냐, 넌? 넌? 넌?"

태평 오빠가 나를 바위 밖으로 끄집어냈다.

"양철집 애잖아."

찬세 오빠가 나를 보고는 찍, 침을 뱉었다. 양철대문을 달아놓아서인가, 마을 사람들은 할머니 집을 양철집이라고 불렀다.

찬세 오빠가 비틀비틀 걸어와 나를 오빠들 쪽으로 끌듯이 데리고
갔다.

"우리는 축제를 벌이는 중이다."

다른 마을에서 왔는지, 처음 보는 오빠가 말했다.

"우리들만의 축제를 말이다."

"너도 자라고기를 맛볼 테냐?"

찬세 오빠가 칼로 쭈글쭈글하고 거무스름한 자라의 살점을 쓱쓱
베어 내게 내밀었다. 나는 고개를 저었다.

"그냥 보내줘. 대가리에 피도 안 마른 애잖아."

태평 오빠가 담배를 피워 물며 나를 쏘아보았다.

"야, 빨리 집에 가지 못하겠니?"

태평 오빠의 입이 쫙 벌어지며 짓으깨진 자라의 살점이 툭 튀어
나왔다.

쫓기듯 뒷산을 내려오는 내내, 내 머릿속에서는 불길과 함께 걷
잡을 수 없이 타오르던 오빠들의 비명과 춤이 떠나지 않았다. 마구
뒤엉키던 그 비명과 춤에서 나는, 오빠들이 자신들의 지금과 앞날
을 저주하는 것만 같은 인상을 받았다.

내가 마늘을 까는 내내 자신에게 독한 년이라며 저주를 퍼붓듯,
오빠들도 자신들의 운명을 저주하는 것이라는…… 촌구석에 태어
난 자신들의 앞날을 저주하고, 또 저주하는 것이라는……

그래서 오빠들은 여름방학 내내 개떼처럼 몰려다니며 담배를 피
우고 술을 마시고 싸움질이나 일삼는 게 아닐까. 마을 아무 데나 침

을 뻗고 다니는 것이 아닐까. 촌구석에 두 발이 꽁꽁 묶여 살아가는
어른들의 눈 밖에 나려고 지랄 발광을 떨어대는 것이 아닐까. 읍내
까지 나가 싸움을 벌여서는 마을 어른들로부터 미움을 받는 것이
아닐까.

내가 집에 갔을 때, 춘자 고모는 양은대야 공장에서 돌아와 있었
다. 춘자 고모는 마루에 걸터앉아서는, 새빨간 매니큐어를 칠한 손
가락으로 머리카락을 마구 쥐어뜯으며 짝짝짝 껌을 씹어댔다.
　춘자 고모도 스스로를 저주하듯 어금니가 부서져라 껌을 씹어대
는 것은 아닐까.
　그녀가 갑자기 머리를 홱 쳐들더니 나를 쏘아보았다.
　"천년만년 재수가 없지 뭐야!"

백 밤은 멀었는가

비치적비치적 장대 아저씨의 담배밭을 지나가던 나는 픽 하고 쓰러졌다. 혼란스럽고 낯설기만 한 열기 속에서, 나는 장대 아저씨가 담배밭에서 뛰어나와 날 데려가기라도 할까 봐 걱정이 되었다. 움막집에 날 가두어두기라도 할까 봐서…… 눈알을 까뒤집으며 쓰러지던 순간, 나는 담뱃잎을 따고 있던 장대 아저씨를 보았다. 장대 아저씨가 나를 향해 오늘이 열여드레인가 열아흐레인가 물어온 것도 같았다.

간신히 몸을 일으킨 나는, 두어 발짝을 걷다가 또 쓰러지고야 말았다.

정신이 돌아왔을 때, 나는 할머니 집 마루에 누워 있었다.

"장대가 널 업고 왔다. 장대가……"

할머니가 깻잎물이 들어 거무스름한 손으로 내 이마를 꾹 짚었다. 할머니는 작년 겨울 감기가 들었을 때 읍내 약국에서 지어다 먹고 남은 것이라며, 노란 가루약을 내게 먹였다. 가루약을 싼 종이도 누렇게 변해 있었다. 그 약을 먹고, 나는 더 아팠다. 물 한 모금도 넘기지 못할 만큼 아팠다.

나는 아버지의 등에 업혀 있는 꿈을 자꾸만 꾸었다. 마을에 들 때처럼, 아버지는 서릿발이 매섭게 휘몰아치는 신작로 가에 서 있었다. 요광리 쪽에서 달려온 버스가 아버지를 깔아뭉개듯 지나가는 순간, 나는 소리를 지르며 꿈에서 깨어났다.

"이년이 고만 죽으려나……"

할머니가 염소 똥 같은 약을 먹고 앞뒤도 없이 중얼거리는 소리가 꿈속까지 들려오기도 했다.

색시가 내게 먹이라며, 어죽을 쑤어왔다.

색시는 입이 없었다. 눈썹도, 눈도, 코도 싹 지워져 누리끼리한 얼굴만 덩그러니 남아 있었다. 색시의 텅 빈 얼굴이 나를 물끄러미 내려다보고 있었다. 색시는 내 입으로 자꾸만 어죽을 떠 넣어주었다. 색시가 간 뒤, 나는 기껏 받아먹은 어죽을 죄다 토했다.

아무래도 안 되겠는지 할머니는 내게 염소 똥처럼 생긴 약을 억지로 먹였다.

"백 밤은…… 멀었는가……"

염소 똥처럼 생긴 약을 먹어서인지 말이 한없이 늘어졌다.

"언제 지나가긴…… 금방 지나간다……"

할머니도 염소 똥처럼 생긴 약을 먹어 말이 한없이 늘어졌다. 그렇지 않아도 할머니가 밤마다 짓씹어 먹는 약의 양은 조금씩 늘어나고 있었다. 약 때문에 손가락뿐만 아니라 얼굴까지 퉁퉁 부어오르는데도 할머니는 하루도 그 약을 거르지 않았다. 할머니는 그 약 없이는 하루도 살 수 없다고 했다. 나는 할머니가 무섭고 싫었지만, 할머니가 죽기라도 할까 봐 겁이 났다. 할머니가 죽으면 나는 어떻게 되는 걸까. 할머니가 죽고 난 뒤에도 아버지가 나를 데리러 오지 않으면……

"언제…… 지나가는데……?"

나는 짜증을 냈다.

"은제 지나가나 싶게…… 금방…… 지나간다……"

어쩐 일인가, 할머니는 내게 욕설을 퍼붓지 않았다.

"은제 지나가나 싶게…… 금방……"

괘종시계가 데―에에엥 데―에에엥 울었다. 괘종시계도 염소 똥처럼 생긴 약을 먹었는지, 데엥 소리가 한없이 늘어졌다. 마당은 칡물을 뿌려놓은 듯 어두컴컴했다. 잡아 흔들기라도 하는 듯, 양철대문이 불안하게 흔들렸다.

"춘자년은…… 또…… 늦을라나……?"

꿈에 엄마가 나왔다. 엄마가 내 꿈에 나타난 것은 그것이 처음이었다. 그렇게나 보고 싶었던 엄마를 보고 나는 엉엉 울었다. 눈썹과 눈 코입이 다 지워져, 텅 빈 얼굴만 덩그러니 남은 색시가 내 엄마였다.

죄인처럼

열기가 식자마자, 나는 축사를 찾아갔다.

담배밭을 지나는데, 장대 아저씨가 싯누런 담뱃잎을 한 장 꺾어 들고는 나를 향해 하늘하늘 흔들어댔다. 장대 아저씨의 얼굴은 피딱지와 멍, 긁힌 자국투성이였다. 방앗간 할머니가 할머니한테 하는 소리를 들었는데, 그는 지랄병이 심해져 하루에도 너덧 번이나 발작을 일으키며 쓰러진다고 했다. 잦은 발작 때문인가, 그는 자신이 누군지도 모를 만큼 정신마저 오락가락한다고 했다.

"애야, 오늘이 며칠이냐?"

"팔월 초닷새래요."

나는 초닷새가 뭔지 초엿새가 뭔지도 모르면서 나오는 대로 지껄였다.

"초닷새면 장날이구나. 읍내에 장이 서겠구나. 너는 어딜 그렇게

가는 길이니?"

"축사에요."

"축사에 사람들이 모여 산다지?"

"양은대야 공장 사람들이 모여 살아요."

"그래, 아버지는 만났니?"

"아버지는 백 밤이 지나야 온다고 했어요. 아버지는 서울로 아파트를 지으러 갔어요."

"그렇구나……"

장대 아저씨가 탄식하듯 중얼거리다 말고 꼬꾸라지듯 쓰러졌다. 담뱃잎들도 장대 아저씨를 따라 줄줄이 쓰러졌다.

심장이 멎는 것만 같은 정적이 담배밭에 흐르고 있었다.

장대 아저씨는 어쩌다 지랄병을 앓게 되었을까. 죄인처럼 담배밭에 두 발이 묶여서는, 허리가 휘고 골병이 든다는 담배농사를 해마다 지으며 살아가는 걸까.

죄인처럼……

어젯밤 축사에서 또 한바탕 악다구니가 있었는지, 다리가 부러진 양은밥상과 깨진 플라스틱 그릇들이 파밭 한쪽에 내던져져 있었다.

쌍둥이는 파밭에 나와 앉아 날계란을 쪽쪽 빨아먹고 있었다.

"쥐새끼들이 천장에 구멍을 냈어."

그 애들 중 한 애가 말했다.

"아빠 엄마가 잠잘 때 이빨로 갉아서는 구멍을 냈어."

다른 애가 말했다.

"어젯밤에 구멍에서 쥐가 뚝 떨어졌어."

쌍둥이는 벌벌 떨었다.

"쥐가 아빠의 손가락을 갉아먹었어."

"가운뎃손가락을 싹 갉아먹었어."

쌍둥이는 찍찍 쥐소리를 냈다.

"아빠는 쥐가 손가락을 갉아먹는 것도 모르고 잠만 잤대."

그 애들의 방 천장 모서리에는 정말로 밥공기만 한 구멍이 뚫려 있었다. 나는 그 구멍을 노려보며 니야옹니야옹 소리를 내었다. 내가 구멍을 노려보며 니야옹 소리를 내는 동안, 쌍둥이는 곤로에 냄비를 올려놓고 라면을 끓였다. 나는 라면을 먹으면서도 구멍을 노려보았다. 라면을 하도 먹어서 쌍둥이의 얼굴에서는 라면기름이 줄줄 흘렀다.

괘종시계가 데엥 데엥 여섯 번을 울자마자 나는 신작로로 달려갔다. 추부이발관 앞에 쪼그려 앉아, 읍내 쪽을 향해 목이 빠져라 빼고는 버스가 나타나기만을 기다렸다. 괘종시계가 여섯 번을 울고 조금 있으면 두번째 버스인 막차가 마을을 지나갔다.

산굽이로 버스의 대가리가 삐죽 모습을 나타내는 순간, 나는 심장이 터질 것처럼 뛰었다.

저 버스에 아버지가 타고 있지는 않을까?

버스가 신작로를 뒤흔들며 달려와 추부이발관쯤에서 설듯 말듯
하더니, 그대로 내빼듯 지나가버렸다.

정희 언니

오빠들은 여름이 채 저물기도 전에 마을을 떠났다. 방학 내내 마루에 쪼그리고 앉아 열심히 타자기를 쳐대던 인숙의 언니들도 떠났다. 언니 오빠들은 도회지에서 스스로 밥을 해먹고 옷을 빨아 입으며 학교에 다니다, 겨울방학 때나 마을에 돌아올 것이었다.

언니 오빠들이 마을을 떠나고 며칠이나 지났을까, 추부이발관 오씨 아저씨의 큰딸 정희 언니가 마을을 찾아왔다. 정희 언니는 공짜로 공부도 시켜주고 돈도 벌게 해주는 산업체고등학교에 다니고 있는데, 잘못을 저질러 쫓겨났다고 했다.

"거, 추부이발관 딸내미 말이여, 정희든가 경희든가…… 글쎄 애를 뱄다믄서……"

"열여덟이라지 아마…… 착실하구 얌전스럽다더만 것두 아니었나벼……"

나는 할머니들이 방앗간에 모여 추어탕을 끓이며 쑤군거리는 소
리를 들었다. 할머니들은 삶은 미꾸라지를 절구통에 넣고 짓찧어대
다가, 된장을 푼 물에 넣고 푹 끓였다. 국물이 끓어오르자 부추와
고추, 호박잎을 잔뜩 썰어 넣고는 휘휘 저어주었다. 수제비를 뚝뚝
떠 넣고 들깻가루를 뿌렸다.

"정희 그 계집애가 보기에는 순해 보여도 얼마나 지독스러운지
애 애비가 누군지 죽어도 말을 안 한다니까요."

추부이발관 아줌마는 신작로에서건 방앗간에서건 할머니만 만나
면 땅이 꺼지도록 푸념을 늘어놓았다.

나는 신작로에서 종종 정희 언니를 보았다. 작고 부지깽이처럼
빼빼 마른 몸에 배만 뽈록 튀어나와 정희 언니는 올챙이 같았다.

"저년도 팔자가 훤하구먼, 쯧쯧!"

할머니는 정희 언니만 보면 구정물을 보듯 했다. 정희 언니는 마
을 사람들이 쑤군거리는 것도 모르고, 신작로에 나와 앉아 있고는
했다. 읍내 쪽을 향해 고개를 꺾듯이 돌리고 앉아 있다가 꾸벅꾸벅
졸고는 했다.

신작로에서 버스를 기다리는데 정희 언니가 내게 말을 걸어왔다.

"네 이름은 뭐야?"

"……?"

"야무지게 생겼구나."

"……?"

"내 이름은 정희야. 네 이름은?"

“동화……”

“버스를 기다리니?”

“……”

“너…… 버스를 기다리는구나.”

“……”

“버스를 타고 누가 오기로 했니?”

“……”

“내가 같이 기다려줄까?”

“……”

“내가 같이 기다려줄게.”

정희 언니가 내 옆에 쪼그리고 앉았다. 나처럼 읍내 쪽을 향해 목을 길게 빼고는 버스를 기다려주었다.

얼마 뒤, 버스가 마을을 향해 달려왔다.

“버스다……!”

정희 언니가 낮게 탄성을 질렀다. 그러나 버스는 정희 언니의 탄성이 가라앉기도 전에 마을을 그대로 지나쳐버렸다.

“누군지는 몰라도 오늘은 안 올 모양이구나. 내일 또 기다려보자. 내일 또……”

“내일……?”

“응, 내일.”

“……”

“내일도 내가 같이 기다려줄게.”

"……?"

"내일도 안 오면 모레도…… 모레도 안 오면……"

정희 언니는 정말로 다음 날도, 그 다음 날도 내 옆에 쪼그리고 앉아 버스를 기다려주었다. 나는 그녀가 내게 누굴 기다리는 거냐고 물어오지 않아서 좋았다. 나는 옥천 할마가 전생에 북쪽 먼 나라의 황후였다는 것과 개미를 먹는다는 것을, 그녀에게 알려주었다. 죽어도 골백번은 죽은 사람이라는 것도.

정희 언니도 혹 나처럼 누군가를 애타게 기다리는 건 아닐까?

나는 물어보고 싶었지만, 어쩐지 물어볼 수가 없었다.

오 씨 아저씨가 면도기로 머리카락을 싹 밀어버려 정희 언니는 빡빡머리가 되었다. 신작로에 갔더니 그녀가 먼저 나와 신작로에 쪼그려 앉아 있었다. 보라색 보자기를 머리에 둘러서인가, 그녀의 얼굴은 내 얼굴보다 작았다. 그렇게나 작은 얼굴 속에서 그녀의 두 눈이 꼭 감겨 있었다.

"언니, 자?"

정희 언니가 깊은 잠에서 깨어나기라도 하듯 눈을 떠 나를 바라봤다. 그녀의 눈동자는 축축이 젖은 낙엽 빛깔이었다.

"기도를 하고 있었어."

"기도?"

"응, 기도……"

"기도가 뭔데?"

"기도가 뭐냐 하면…… 간절하게 바라는 거야."

"간절하게?"

"그래…… 간절하게."

"뭘 바랐는데?"

"뭘……?"

"응, 뭘?"

"죽게 해달라고……"

정희 언니의 목소리가 덜덜 떨려나왔다.

"아기가 죽게 해달라고……"

그날 밤 나는, 아기처럼 작아진 내가 정희 언니의 뱃속에 들어가 웅크리고 있는 꿈을 꾸었다. 정희 언니의 뱃속은 어두컴컴하고 답답했다. 오 씨 아저씨가 나타나 면도기로 정희 언니의 머리카락을 쓱쓱 밀었다. 나는 그녀의 뱃속에 들어가 있으면서도, 다 볼 수 있었다. 그녀가 훌쩍훌쩍 울었다. 죽게 해달라고…… 그녀의 나직한 기도 소리가 들려왔다. 나는 죽으려고 숨을 쉬지 않았다.

정희 언니가 간절히 바라는 대로 그냥 콱 죽어버리려고……

거울을 깨뜨리다

나는 거울을 깨뜨리기로 작정했다.

아무래도 거울이 마을과 마을 사람들을 제 속에 삼키고 가두어버린 것이 틀림없다는 생각이 자꾸만 들었다. 외지에서 흘러든 축사 사람들마저도.

거울을 깨뜨려버리면, 거울에서 놓여날 수 있지 않을까. 거울이 가두어둔 마을에서 놓여날 수 있지 않을까.

거울을 깨뜨릴 생각에 골몰해 있는데, 양철대문 밖으로 인자 아줌마가 유령처럼 지나가는 것이 보였다. 그녀는 비도 오지 않는데 검은 우산을 쓰고 있었다.

나는 양철대문 밖으로 후다닥 뛰어나갔다.

"인자 아줌마!"

내가 목청이 찢어져라 불렀는데도, 인자 아줌마는 찌그러지고 찢어진 검은 우산을 빙글빙글 돌리며 윗마을 쪽으로 하염없이 걸어갔다. 양은대야 공장이 쉬는 날도 아닌데 그녀가 마을을 돌아다니는 것이 아무래도 이상해 나는 고개를 갸웃거렸다.

양은대야 공장에서 쫓겨나기라도 한 것일까?

나는 달려가서 인자 아줌마를 붙잡아 세워야 할 것 같은 생각이 들었다. 그녀를 붙잡고는 검은 우산을 빼앗아야만 할 것 같은…… 그녀가 더는 멀어지도록 놔두어서는 안 될 것 같은……

나는 우산이 검은 것이, 우산 밑으로 길게 내려온 치마마저도 검은 것이 아무래도 불길하기만 했다. 하지만 나한테 또 시집을 오라고 하면 어쩌지? 연지 곤지 찍고 죽은 아들한테 시집을 오라고 매달리면?

인자 아줌마가 담배밭을 지나, 한순간 내 시야에서 증발하듯 사라져버렸다.

나는 그녀가 사라져버린 지점을, 그곳에서 다글다글 끓고 있는 햇빛을 오래도록 바라보았다.

나는 광을 뒤져 못을 한 개 찾아냈다. 내 새끼손가락만 한 못은 잔뜩 녹이 슬어 있었다.

거울은 어느 때보다 흐리고 의뭉스럽기만 했다. 거울이 품고 있는 내 얼굴은 괴물처럼 우스꽝스럽게 일그러져 있었다. 나는 거울에 훅, 하고 입김을 불어넣었다.

나는 못으로 거울의 한가운데를 힘껏 찍었다. 거울에 금이 가며, 거울이 품고 있는 내 얼굴에도 금이 갔다.

거울이 우스꽝스러울 만큼 쉽게 깨져 나는 몹시 당황스러웠다.

불현듯, 할머니의 거울뿐만 아니라 마을의 모든 거울을 깨뜨려야만 한다는 생각이 들었다. 방앗간 할머니의 자개 거울도, 옥천 할마의 막걸리 얼룩 범벅인 네모난 거울도, 색시의 화장대 거울도, 인숙네와 미정네 거울들도, 추부이발관의 문짝만큼이나 크고 네모난 거울도.

나는 거울을 깨뜨리기 위해 방앗간으로 갔다. 방앗간 할머니는 고추를 빻느라 정신이 없었다. 색시는 부엌에서 콩을 삶고 있었고, 태식 삼촌은 어딜 갔는지 보이지 않았다. 나는 색시의 방에 몰래 숨어들었다. 화장대 거울을 빤히 들여다보다가, 거울 한가운데를 못으로 꾸욱 찔렀다. 거울에 금이 가며, 깨진 조각들이 바닥으로 떨어졌다.

추부이발관 거울을 깨뜨리는 것은 생각보다 쉬웠다. 오 씨 아저씨가 잠들어 있는 사이에 신작로에서 주워 든 돌멩이를 거울을 향해 힘껏 내던졌다. 돌멩이를 맞는 순간, 거울은 와장창 요란한 비명을 지르며 무너져 내렸다.

날이 어둑해져서야 깨밭에서 돌아온 할머니가 내게 물었다.

"네가 거울을 깼냐?"

나는 고개를 저었다.

"네가 아니면 누가 거울을 깼냐?"

“몰라.”

“요놈의 거울도 명이 다한 모양이구나.”

“명?”

“사람만 명이 있는 것이 아니다. 거울도 명이 있지.”

할머니가 중얼거렸다.

“명이 뭐야?”

“목숨이지.”

거울에도 명이 있나? 그럼 밥상에도? 숟가락에도? 괘종시계에
도? 명이 다하는 것처럼, 언젠가는 쓸모가 다하는 것일까? 쓸모가
다해 버려지는 것일까? 거울도 명이 다해서 그토록 흐려터졌던 것
일까?

그렇다면 할머니의 물건들은 죄다 명이 다해서 금 가고, 부러지
고, 색이 바랬나? 할머니도 명이 다해서, 밤마다 약을 한 주먹씩
먹고 잠드는데도 안 아픈 곳이 없는 걸까?

나는 명이라는 것이, 목숨이라는 것이 무서워 후드득 어깨를 떨
었다.

거울을 깨뜨렸는데도, 나는 마을에서 놓여나지 못했다. 거울이
아니면, 무얼까? 무엇이 마을과 마을 사람들을 이렇게나 답답하게
가두고는 놓아주지 않는 걸까?

인자 아줌마의 검은 우산

검은 우산을 쓴 채로 증발하듯 사라져버린 뒤로, 나는 마을 어디서도 인자 아줌마를 볼 수 없었다.

그녀가 코빼기도 보이지 않는데도, 마을 사람 누구 하나 그녀를 궁금해하거나 찾지 않았다. 나는 하루에도 몇 번이고 마늘을 까다 말고 인자 아줌마의 집을 찾아갔다. 혹시나 그녀가 집에 돌아와 있지 않았을까 해서였다. 마당에서 검은 우산을 빙글빙글 돌리며 춤을 추고 있지는 않을까 해서…… 나는 메마르다 못해 쩍쩍 갈라진 마당에 형태도, 뜻도, 의미도, 시작과 끝도, 중심도 알 수 없는 그림을 그려 넣은 뒤 되돌아오곤 하였다. 내가 그려 넣은 그림은 기이하고 복잡한 게, 흡사 목숨 수 자를 닮아 있었다.

놋쇠 숟가락에 악착같이 들러붙은 목숨이라는 글자를.

태식 삼촌과 아저씨들 몇 명이 잉어를 잡으러 저수지로 몰려갔다. 인숙과 나는 건빵을 먹으며 아저씨들이 물고기 잡는 걸 구경했다. 아저씨들은 무릎까지 올라오는 검은 고무장화를 신고 첨벙첨벙 소리를 내가며 저수지의 물속으로 걸어 들어갔다. 허리가 잠길 만큼 깊숙이 들어가서는, 솜이불만큼이나 무거운 그물을 기세 좋게 드리워 잉어를 건져 올렸다.

"어라, 저게 뭐대?"

축 늘어지고 거무스름한 뭔가가 그물에 걸려 올라왔다. 나는 저수지를 향해 몸을 일으켜 세우며, 그물에 걸려 올라온 것을 유심히 바라보았다.

그것은 검은 우산이었다. 인자 아줌마가 증발하던 순간에 쓰고 있던, 그녀의 머리 위에서 빙글빙글 어지럽게 돌아가던, 박쥐처럼 불길하기만 하던 우산이 틀림없었다.

인자 아줌마는 어딜 가고, 검은 우산만 그물에 걸려서는 저수지의 물 밖으로 꺼내지고 있었다.

아저씨들은 그것이 인자 아줌마의 우산이라는 사실을 전혀 알지 못했다. 아저씨들은 쓸데없는 게 걸려 올라와 귀찮기만 하다는 듯, 짜증이 가득한 표정으로 우산을 그물에서 떼어내서는, 보라색 꽃이 흐드러지게 피어난 풀숲으로 휙 던져버렸다. 물속에서 담배들을 한 대씩 나누어 피우고는 그물을 드리워 보란 듯이 잉어를 잡아 올렸다.

나는 검은 우산이 내던져진 풀숲으로 걸어 들어갔다. 검은 우산을 집어 들었다. 찌그러지고 찢어진 데다 물에 흠씬 젖기까지 한 우산은 가까스로 펼쳐졌다. 나는 인자 아줌마가 그랬던 것처럼 검은 우산을 머리 위로 받쳐 쓰고는 빙글빙글 돌려보았다. 우산은 눈물을 흘리듯 내 머리며, 얼굴이며, 어깨로 물방울을 뚝뚝 흘렸다.

"애개, 찢어진 우산이잖여."

인숙이 멀찍이 떨어져서는 말했다.

"인자 아줌마의 우산이야!"

나는 점점 더 빠르게 우산을 빙글빙글 돌렸다.

"뭐?"

"인자 아줌마의 우산이란 말이야."

나는 검은 우산과 함께 제자리에서 빙글빙글 돌다가 어지러워서는 내동댕이쳐지듯 쓰러졌다. 그 바람에 우산이 심하게 찌그러지며 내 얼굴을 삼키듯 덮어왔다. 우산을 저수지에 내던져버리고 그녀는 어디로 사라진 걸까.

검은 우산이 거두어지며 인숙의 얼굴이 나타났다.

"그만 내려갈 거래."

아저씨들이 그물로 잡아 올린 잉어들은, 언젠가 태식 삼촌이 잡았던 잉어처럼 사람의 얼굴을 하고 있었다.

아저씨들은 잉어들이 담긴 양동이를 자랑스럽게 흔들며 방앗간으로 몰려갔다. 나는 반밖에 펴지지 않은 검은 우산을 빙글빙글 돌리며 할머니 집으로 갔다.

인자 아줌마는 저수지로 걸어 들어간 게 아닐까. 검은 우산을 빙글빙글 돌리며 저수지로 걸어 들어간 게…… 머리까지 저수지의 물에 잠기는 순간, 그만 우산을 놓쳐버린 게 아닐까.

까고 있는 마늘이 썩은 마늘이라는 것을 알면서도, 나는 끝까지 껍질을 벗겨냈다. 맨 안쪽 얇은 꺼풀까지.

죄와 벌

배가 마구 불러오면서 정희 언니는 온종일 냇가에 가서 살았다. 보라색 보자기로 머리를 꼭 싸매고, 다리 밑 응달에 버려진 듯 숨어 있었다. 서늘한 응달 속이라서 그런가, 정희 언니의 얼굴은 인자 아줌마만큼이나 늙어 보였다.

"언니는 얼굴이 왜 그렇게 늙었어?"

"내 얼굴이 늙어 보이니?"

정희 언니는 내 쪽으로 얼굴을 돌리지도 않고 물어왔다.

"응, 인자 아줌마만큼 늙어 보여."

나는 거짓말을 잘했지만, 이상하게도 그녀 앞에서는 거짓말이 잘 안 나왔다.

"어서어서 늙고 싶어 해서 그런가? 어서어서 늙고 싶어 해서 그만 폭삭 늙어버렸나?"

그녀는 그러고는 손등으로 눈가를 훔쳤다.

"어서어서 늙고 싶어 해서……"

그녀는 정말로 어서어서 늙기를 바라나? 죽어도 골백번은 죽었다는 옥천 할마만큼 늙어버리기를 바라나?

"나도 늙고…… 내 뱃속의 아기도 늙고…… 다 늙어버렸으면 좋겠어……"

나는 어쩐지 그녀의 뱃속 아기가 폭삭 늙어 있을 것만 같았다. 그녀가 얼굴이 늙은 아기를 낳을 것만 같았다. 그녀가 문득 고개를 돌려 나를 바라봤다. 나는 그녀의 얼굴을 들여다보며 깜짝 놀랐다. 그녀의 눈썹이 지워지고 없었다.

"언니, 왜 눈썹이 없어?"

"내가 밀어버렸어."

"왜?"

"그냥……"

"언니, 나도 늙어 보여?"

"응, 너도 늙어 보여."

"언니만큼 늙어 보여?"

"그래, 나만큼 늙어 보여."

그녀도 거짓말을 못했다.

"할머니가 그러는데 내가 눈치가 빤하대. 어린 게 눈치가 빤해서는 늙은이처럼 능글맞고 음흉스럽대."

"넌 몇 살이니?"

“여덟 살.”

“……”

“내가 늙어서 아버지가 나를 못 알아보면 어쩌지?”

나는 갑자기 아버지가 나를 못 알아볼까 봐 걱정이 되었다.

“네 아버지는 어딜 가셨니?”

“서울로 아파트를 지으러 가셨대. 백 밤만 지나면 나를 데리러 온다고 했어.”

“그렇구나, 백 밤만 지나면……”

정희 언니가 백 밤이라고 소리 내어 말하는 순간, 백 밤이 몹시 길게 느껴졌다. 그녀가 옥천 할마만큼 늙고, 또 내가 옥천 할마만큼 늙고, 그녀의 뱃속 아기가 옥천 할마만큼 늙어야만 겨우 백 밤이 지날 것 같았다.

“애기 아빠는 어디 있어?”

“모른다고 하지 않았니……”

그녀가 머리를 가만가만 저었다.

“애기 아빠를 왜 몰라?”

그녀가 자갈돌을 주워 냇물로 던졌다.

“애기 아빠는 없어. 처음부터 애기 아빠는 없었어.”

정희 언니는 또 손등으로 눈가를 훔쳤다. 나는 그녀의 얼굴에 눈썹을 그려 넣어주고 싶었다.

정희 언니의 배는 하루가 다르게 불러오는데도, 머리카락과 눈썹은 좀처럼 자라지 않았다.

거미줄만 같은 가느다란 비가 주룩주룩 내리던 어느 날인가, 정희 언니가 다리 밑에서 소리를 내어 책을 읽고 있었다. 글자를 읽을 줄도 쓸 줄도 몰랐지만, 나는 그녀의 손에 들린 게 책이라는 것을 알았다. 내가 바짝 다가가 앉았는데도, 그녀는 모르는 척 소리를 내어 책만 읽었다.

그대들은 결코 더러운 자와 깨끗한 자를, 악한 자와 선한 자를 나눌 수 없다.
왜냐하면 그대들은 마치 검은 실과 흰 실이 함께 짜여지듯이 태양의 얼굴 앞에 함께 서 있으므로.

"그만, 그만 봐!"
나는, 나를 좀 쳐다봐달라고 정희 언니의 팔을 두 손으로 잡고 흔들었다.
"죄와 벌에 대한 이야기야……"
그녀가 아무 표정도 담기지 않은 얼굴로 나를 빤히 바라보며 말했다.
"뭔 소리야?"
"죄와 벌…… 말이야……"
"죄와 벌?"
나는 죄라는 말도, 그리고 벌이라는 말도 목숨만큼이나 무겁게만 느껴졌다. 그 둘 다 목숨처럼 무섭고 질긴 것같이 생각되었다.

"칼릴 지브란이란 시인이 쓴……"

그녀의 떨리는 목소리가 파문처럼 개천 물 위로 번져나갔다.

"그대들은 결코 더러운 자와 깨끗한 자를, 악한 자와 선한 자를 나눌 수 없다. 왜냐하면 그대들은 마치 검은 실과 흰 실이 함께 짜여지듯……"

그녀는 책을 들여다보지 않고도 똑같은 말을 일곱 번도 넘게 반복해서 중얼거렸다.

"그만, 그만 해!"

나는 귀를 틀어막고 싶도록 짜증이 나 소리 질렀다.

"더러운 자와 깨끗한 자를, 악한 자와 선한 자를 나눌 수 없다는 뜻이야……"

"몰라, 몰라!"

나는 손가락으로 두 귀를 틀어막고는 고개를 절레절레 젓다가, 그녀의 발밑에 퉤 하고 침을 뱉었다. 귀를 꽉 틀어막았는데도 그녀의 목소리가 들려왔다.

"대학생 오빠가 가르쳐주었어…… 대학생 오빠를 사귀었었거든. 대학생인 척 속이고서…… 대학생이 아니라고 하면…… 그 오빠가 날 만나줄 것 같지 않아서 그랬어…… 날 만나줄 것 같지 않아서……"

나는 어쩐지 대학생 오빠가 아기의 아버지일 것만 같은 생각이 들었다.

166

"난 더럽지 않아. 난 더럽지 않아, 난 더럽지 않아……!"

그녀가 숨도 쉬지 않고 중얼거렸다.

"언니…… 왜 그래?"

나는 더럭 겁이 나 귀를 틀어막고 있던 손가락을 빼냈다.

"난 더럽지 않아. 난 더럽지 않아, 난 악하지 않아, 난 선하지도 악하지도 않아, 난 더럽지 않아, 난 더럽지 않아……"

그녀가 눈물을 흘리며, 숨도 쉬지 않고 중얼거렸다. 나는 그런 그녀가 너무 무섭고 낯설었다. 그녀를 홀로 다리 밑에 남겨두고 할머니 집을 향해 뛰어갔다. 찌그러진 양철대문을 박차고 뛰어들며 나는 목청이 찢어져라 소리를 질렀다.

난 더럽지 않아, 난 악하지 않아, 난 독하지 않아……!

누가 춘자 고모를 보았나

날이 꼬박 밝도록 춘자 고모가 양은대야 공장에서 돌아오지 않은 것은, 담뱃잎들이 누렇게 처질 즈음이었다. 장대 아저씨는 간질이 더 깊어져 시도 때도 없이 발작을 일으키며 쓰러지면서도 온종일 담배밭에 나와 담뱃잎을 땄다.

"그 썩어 문드러질 년이 공장에 있는가 보구 와라. 공장에 있거들랑 말만 한 년이 어데서 처자빠져 자느라 집구석에두 안 들어왔냐구 물어봐라. 두 종아리가 작살날 줄 알라구 혔다구 혀라. 아주 요절을 낼 작정이라구 혔다구 혀라."

나는 세수도 하지 않아 눈곱이 잔뜩 낀 얼굴로 신작로를 내달려, 양은대야 공장을 찾아갔다.

"춘자 고모!"

내가 양은대야 공장을 향해 목이 터져라 외쳤지만, 춘자 고모는 코빼기도 보이지 않았다.

"춘자 고모 못 봤어요?"

나는 공장 마당, 노란 햇빛 속에 쪼그려 앉아 담배를 태우고 있던 늙수그레한 아저씨에게 물었다.

"춘자?"

아저씨가 우엉 껍질만 같은 입을 찢듯이 벌리고 내게 물었다.

"미자도 말고, 명자도 말고, 옥자도 말고, 순자도 말고, 춘자 말이냐?"

아저씨가 히죽 웃으며 몸을 일으켰다. 그 순간, 나는 깜짝 놀라 한 발짝 뒤로 주춤 물러났다. 그는 난쟁이는 아니었지만, 짠지처럼 폭삭 쪼그라들어 몸집이 기껏 나만 했다.

"춘자 말이에요, 춘, 자!"

나는 악을 쓰고 말했다.

"세상천지에 춘자가 어디 한둘이냐? 요 공장에만 해두 춘자가 둘씩이나 되는걸."

"그러게, 못 봤냐고요?"

"에그그, 귀청 떨어지겠다."

내가 돌아서려는데 아저씨가 내 팔을 덥석 잡았다.

"춘자를 봤지. 암, 춘자를 봤구 말구."

"어디서 봤는데요?"

나는 눈을 가늘게 해 의심스런 눈초리로 그 아저씨를 쏘아보았다.

"헌데 넌…… 그 못생긴 애가 아니냐?"

“어디서 봤냐고요!”

“못생겨도 지지리 못생겨서 내가 기억을 하고 있지.”

아저씨가 음흉하게 웃었다.

“그래, 공순이가 되려고 찾아왔냐?”

“춘자 고모를 어디서 봤냐니까요!”

“공장 뒷마당에 가봐라. 혹시 아냐, 춘자가 뒷마당에 있을
지……”

그렇지만 공장 뒷마당에는 춘자 고모가 없었다. 늙수그레한 아저
씨들만 모여 담배를 태우고 있었다. 식당인 듯한 곳을 지나가는데
웬 아줌마가 날 불러 세웠다.

“네가 날 찾았냐?”

춘자 고모보다 늙은, 늙다 못해 폭삭 삭아버린, 얼굴이 쭈그렁 탱
자가 되어버린 아줌마가 나를 향해 물었다.

“네가 춘자를 찾았다며?”

“그런데요?”

“내가 춘자다.”

“아줌마가요?”

나는 춘자 고모가 하룻밤 만에 폭삭 나이가 들어서는 내 앞에 서
있는 것 같은 혼란 속에서 물었다.

“내가 춘자라니까 그러는구나, 서춘자!”

“서춘자 말고, 박춘자요! 박춘자!”

춘자 고모가 집을 나간 지 닷새째 되던 날, 공장장의 아내라는 여자가 할머니를 찾아왔다. 여자는 나만큼이나 커다란 남자아이를 시퍼런 포대기로 둘둘 싸 업고는, 기웃기웃 양철대문으로 들어섰다. 땀을 몹시 흘려 여자의 고불거리는 머리카락이 이마와 목에 달라붙어 있었다. 남자아이는 머리와 두 팔을 포대기 밖으로 늘어뜨리고 있었는데, 아무래도 잠든 것 같았다.

그 여자는 마루까지 터벅터벅 걸어와서는 기둥 쪽에 엉덩이를 붙이고 걸터앉았다. 온몸이 무너져 내리기라도 하듯 한숨을 크게 내쉬고는, 고개를 푹 숙였다. 괘종시계가 데엥 하고 우는 순간, 어깨를 부르르 떨더니 눈물과 콧물을 한참이나 짜내었다. 남자아이는 머리와 두 팔을 늘어뜨리고는 꼼짝을 하지 않았다.

"나는 진즉에 그년을 읎는 자식으로 치기로 했소. 고따위 화냥년은 애시당초 읎는 자식으로…… 깻잎밭에 나가봐야 허니 그짝두 이만 가시우. 죽을 날이나 기다리는 늙은이 앞이서 힘 빼봤자 그짝만 손해이니."

할머니는 여자로부터 반쯤 돌아앉아서는 그 말뿐이었다. 여자는 포대기 자락을 끌어당겨 코를 풀고는 불끈 일어났다. 포대기 끈을 풀어 질끈 묶고는 양철대문 쪽으로, 뒤축도 없는 파란 고무신발을 질질 끌며 걸어갔다. 나는 여자가 포대기 끈을 너무 세게 잡아매 남자아이가 숨이 막히면 어쩌나, 숨이 막혀 죽어버리면 어쩌나, 괜한 걱정이 들었다. 그 여자가 양철대문 밖으로 사라질 때까지, 나는 그 여자에게서 눈을 뗄 수가 없었다. 파란 고무신발 밖으로 삐죽 비어져 나온 그 여자의 발뒤꿈치에서…… 그 여자의 발뒤꿈치는 갈라지고 터져 살비듬이 허옇게 일어나 있었다. 도망을 간 엄마의 발뒤꿈치만큼이나 허옇게.

언젠가 엄마는 발뒤꿈치에 낀 허연 살비듬을 식칼로 긁어내며, 내게 말했다.

"식모의 발이야."

"식모의 발?"

"어려서부터 고생만 죽살이하고 산 발."

"죽살이?"

"죽어라, 죽어라."

엄마의 손에 들린 게 시퍼런 식칼이어서일까. 엄마는 자신의 발을 조금씩 깎아 없애듯, 살비듬을 긁어냈다. 발을 조금씩, 조금씩 깎아 없애기라도 하듯.

공장장의 아내가 가버린 뒤에도, 할머니는 깻잎밭에 일을 나가지 않고 봉초만 피워댔다. 나는 언젠가 춘자 고모가 웬 남자와 함께 미정네 비닐하우스에서 나오더라는 말을 할머니에게 끝끝내 하지 않았다.

무덤은 어떻게 버려지나

오줌을 눌 때마다 가랑이가 바늘로 찌르는 듯 따가웠다. 기껏 누어도 오줌이 금세 마려웠다.

"미친년, 보지에 구더기가 생겼구만!"

할머니는 굵은 소금을 푼 물로 내 가랑이를 씻겨주었다. 나는 가랑이가 따갑고 간지러워 마늘을 깔 수도, 밥을 먹을 수도, 잠을 잘 수도 없었다. 나는 마루에 벌러덩 드러누워서는, 양철대문 위 흐릿한 해를 바라보며 가랑이를 긁어대다가, 할머니 집을 나왔다.

나는 팬티에 찔끔찔끔 오줌을 싸지르며 신작로 쪽으로 걸어 내려 갔다.

옥천가게에서는 할아버지들이 대낮부터 쉰 막걸리 냄새를 풍기며 술판을 벌이고 있었다. 나는 신작로를 따라 읍내 쪽으로 걸어 올라 갔다. 읍내 쪽에서 미숫가루 같은 흙먼지가 불어왔다. 흙먼지는 마을을 뒤덮어 묻어버릴 듯 불어 닥쳤다.

얼마나 걸어갔을까.

흙먼지 속에서 누군가 나를 향해 가만가만 손을 흔들어대고 있었다.

"동화야……"

"아버지……?"

흙먼지가 내 입속으로 날벌레 떼처럼 삼켜졌다.

"그래, 나다."

아버지가 검은 모자를 푹 눌러쓰고 있어서, 나는 아버지의 얼굴을 제대로 볼 수 없었다. 아버지가 부글부글 끓어오르는 흙먼지를 헤치고 다가오더니, 나를 번쩍 안아 올렸다. 나를 등에 들쳐 업고는 마을 쪽으로 걸어갔다.

"왜 이제야 왔어?"

흙먼지가 달라붙어서 그런가, 나는 입속의 혀가 돌덩이만큼 무겁기만 했다.

"살다 보니까 이제야 왔지."

아버지는 인숙네 고추밭 쪽으로 쫓기기라도 하듯 다급하게 걸어들어갔다. 고추들이 붉게 익어가는 고추밭을 지나, 복자 아줌마네 황기밭으로 성큼성큼 들어갔다. 성말라 보이는 황기나무들을 휘적휘적 지나, 비석도 없이 억센 잡풀만 무성한 무덤 근처에 나를 뉘었다.

"아버지, 저 무덤에는 왜 비석이 없어?"

"버려진 무덤이라 그렇지."

"무덤도 버려지나?"

그렇게 묻는 순간, 나는 혼란스럽기만 한 슬픔에 휩싸였다.

"그럼, 무덤도 버려지지."

아버지가 입을 벌릴 때마다 텁텁한 막걸리 냄새와 시큼한 김치 냄새가 났다.

"무덤은 어떻게 버려지나?"

"찾아오는 사람이 아무도 없으면 버려지지."

"왜 아무도 안 찾아오는데……?"

"아등바등 살다 보니까 무덤을 까맣게 잊어버린 게지."

아버지는 낮고 마른 숨을 토했다. 나는 자신이 버려진 무덤 속에 들어가 웅크리고 앉아서는 훌쩍훌쩍 울고 있는 것만 같은 기분이 들었다. 아무라도 날 찾아와주기를 간절히 바라며……

"아버지가 비석도 세워주고, 풀도 베어주면 안 되나?"

"그러자. 비석도 세워주고 풀도 베어주자."

"헌데 벌써 백 밤이 지났나?"

"백 밤……?"

"백 밤이 지나면 온다고 안 했었나?"

"어어, 백 밤이 지나도 벌써 지났지."

황기나무들이 흔들리며, 마른 가지들에 앉아 있던 까맣고 작은 새들이 재처럼 날아올랐다. 새들이 너무 많아서일까. 나는 새가 손에 잡힐 것도 같아, 허공을 향해 손을 내뻗었다. 그 많은 새들은 그러나 순식간에 희부연 허공 속으로 집어 삼켜졌다.

"아버지, 보지가 간지러워 죽을 것 같아."

나는 손으로 가랑이를 긁었다.

"할머니가 그러는데, 내 보지에 구더기가 살고 있대."

"보지에 구더기가 살면 못쓰지."

"할머니가 소금물로 씻어주었는데도 구더기들이 죽지 않았나 봐."

"눈을 감아라, 내가 구더기를 잡아주마."

아버지의 손이 팬티 속으로 들어오더니 조급하게 가랑이를 만지작거렸다. 아버지의 손은 거칠고 뜨거웠다. 대못보다 굵은 손가락이 가랑이 사이를 찔러오는 순간 비명을 내지르고 싶을 만큼 아팠다. 하지만 나는 마을에서 가장 독한 아이였기 때문에 입을 앙다물고는 꾹 참았다.

아버지는 내 가랑이에 쑥부쟁이를 심어놓고는 가버렸다. 나는 가랑이를 벌리고 누워서는, 아버지가 황기나무들 사이로 성급히 사라지는 것을 멍하니 바라만 보았다.

아버지가 구더기를 다 잡아주어서인지 이상하게도 가랑이가 간지럽지 않았다. 나는 아버지가 다녀간 사실을, 그 누구한테도 말하지 않았다. 할머니한테도, 아버지가 구더기를 다 잡아주었다는 말을 하지 않았다. 어쩐지 절대로 말을 해서는 안 될 것만 같아서였다.

며칠이 지나 나는 축사 쌍둥이를 데리고 황기밭을 지나 무덤을 찾아가 보았다. 아버지가 정말로 버려진 무덤에 비석도 세워주고 잡풀도 다 베어주었을까. 내 기대와는 달리, 무덤은 여전히 버려진 채 잡풀만 무성했다.

"우리 엄마 무덤이야."

나는 쌍둥이에게 거짓말을 했다.

"엄마는 병이 들어서 죽었어."

나는 쌍둥이들과 돌멩이를 주워다가 무덤 앞에 차곡차곡 쌓았다. 와르르 무너져 내려 다시 쌓기를 일곱 번도 넘게 반복한 뒤에야, 내 키만 한 돌탑을 쌓을 수 있었다.

무덤으로부터 멀어지며, 나는 돌탑이 와르르 무너져 내리는 소리를 들었다. 나는 차마 뒤를 돌아다볼 수 없었다.

무섬을 주는 너의 눈〔目〕

냇물에서 죽은 물고기들이 떠내려왔다. 냇가에 자라난 풀들이, 개똥보다 고약한 냄새를 풍기며 썩어갔다. 아무래도 양은대야 공장에서 흘려보내는 쉿빛 물 때문인 것 같았다. 죽은 물고기가 떠내려오는 것도 모르는지, 정희 언니는 자꾸만 개천 물을 두 손으로 떠 얼굴을 씻었다.

"언니, 내가 눈썹을 그려줄까?"

나는 인숙에게서 훔친 검은 크레파스로 정희 언니의 얼굴에 눈썹을 그려 넣었다. 그녀의 얼굴이 하도 쭈글쭈글해서 눈썹이 삐뚤빼뚤 우스꽝스럽게 그려졌다.

"아직 멀었니?"

그녀가 물어왔다.

"조금만 더 그리면 돼, 엄마⋯⋯"

나는 그녀가 도망을 간 내 엄마만 같고, 그녀의 뱃속 아기가 내 동생만 같았다. 나는 그녀의 눈두덩까지 시커메지도록 눈썹을 자꾸만 덧칠했다.

"눈썹이 꼭 거머리 같아."

나는 웃음이 나왔다.

"내가 너만 할 때 거머리가 다섯 마리나 내 종아리에 달라붙은 적이 있었어."

"다섯 마리나?"

"다섯 마리를 다 떼어내서는 돌멩이로 짓찧어 죽였어."

"엄마가?"

"그래, 내가…… 돌멩이로 짓찧어서……"

그녀는 그러고는 눈을 떴다. 냇물 속으로 손을 집어넣더니, 죽은 물고기를 한 마리 건져 올렸다. 갈색의 납작하고 엄지손가락만 한 물고기였다. 그녀는 죽은 물고기의 꼬리지느러미를 손가락으로 붙잡고는, 내 눈앞에서 대롱대롱 흔들어 보였다.

"피라미야."

"……?"

"물고기 중에서도 가장 하찮은 물고기야. 가장 흔하고 가장 하찮은……"

"……"

"나랑 닮지 않았니?"

"몰라."

"나랑 닮았구나?"

"몰라. 모른다니까."

방앗간에 갔더니, 색시가 수돗가 수챗구멍 앞에 쪼그리고 앉아 헛구역질을 하고 있었다. 색시는 아기를 가졌다고 했다.

나는 방앗간 할머니가 할머니에게 털어놓는 이야기를 몰래 엿들었다. 방앗간 할머니는, 색시의 애비가 문둥병이 심해져 벽장 속에 꼭꼭 숨어서 산다고 했다. 밥도 벽장 속에서 먹고, 똥오줌도 벽장 속에서 눈다고 했다. 나는 아무래도 색시도 문둥병을 앓고 있을 것만 같은 생각이 들었다. 눈썹이 조금씩 옅어지고 있는 게, 아무래도 틀림없이 문둥병을 앓고 있을 것만 같았다.

색시는 혹 얼굴만 남은 게 아닐까. 눈코입과 눈썹이 다 지워지고, 얼굴만.

색시는 그새 부엌에서 우엉 껍질을 까고 있었다. 나는 부엌 문지방에 쪼그리고 앉아 색시의 얼굴을 뚫어져라 바라보았다.

"내 얼굴에 뭐라도 묻었니?"

색시가 우엉 껍질이 달라붙은 손으로 자신의 얼굴을 만지작거렸다. 내가 고개를 저었는데도, 색시는 자꾸만 자신의 얼굴을 만졌다. 쥐어뜯듯, 쥐어뜯은 자국이 얼굴을 벌겋게 뒤덮도록 만지작거렸다.

"아무것도 안 묻었다니까요."

"나는 말이다. 내 얼굴에 뭐가 묻어 있는 것만 같단다. 아주 나쁜 게 묻어서 얼굴이 썩고 있는 것만 같단다. 잠을 자다가도 얼굴이 썩고 있는 것만 같아 깨어나곤 한단다. 나는 누가 내 얼굴을 바라보는 게 싫어. 누가 내 얼굴을 빤히 바라보는 게…… 아무도 내 얼굴을 바라보지 않았으면 좋겠어. 얼굴을 가리고 살 수 있으면 얼마나 좋을까. 그런데 너는 내 얼굴을 왜 그렇게 빤히 바라보는 거니?"

"……"

"네 눈이 무섭구나."

"……"

"무섬을 주는 눈이야. 어린 게 무섬을 주는 눈을 가졌어……!"

두 발이 다 닳도록

신작로를 따라 저 멀리, 장대 아저씨가 환영처럼 걸어가고 있었다. 금방이라도 발작을 일으키고 쓰러질 듯 아슬아슬하게.

그즈음 나는 신작로를 따라 마을로부터 멀어지는 장대 아저씨를 자주 보았다. 그는 어딜 저렇게나 찾아가려는 걸까? 어딜 저렇게나 찾아가려고, 신작로를 따라 하염없이 마을로부터 멀어지는 걸까? 나는 그가 찾아가려는 곳이 몹시도 궁금했다. 마을 어른들은 그가 그저, 담배농사를 짓는 게 지겨워 도망을 치려는 것으로만 생각했다. 정신이 오락가락해서는 앞뒤 분간도 없이, 구대 아저씨로부터 어떻게든 도망을 치려는 것으로만.

"노예처럼 살아두 피붙이인 형 밑에서 사는 게 낫지. 두 발이 다 닳도록 도망쳐 봐야 비렁뱅이밖에 더 되겠누?"

그것이 이치와 경우가 훤한 방앗간 할머니의 말이었다. 방앗간 할머니와 달리, 나는 장대 아저씨가 제발 마을로부터 멀리 떠나버리기를 바랐다. 구대 아저씨가 뒤쫓아가지 못할 만큼 멀리까지 도망을 가, 절대로 마을에 돌아오지 않았으면 했다.

장대 아저씨는 매번 구대 아저씨에게 붙잡혀서는 마을로 되돌아왔다. 얼마 전에도 읍내까지 거의 갔다가, 구대 아저씨에게 붙잡혀서는 마을로 되돌아왔다고 했다. 구대 아저씨한테 죽도록 얻어터지고도, 그 다음 날 또 신작로를 따라 마을로부터 멀어지다가 붙잡혀서는 개처럼 질질 끌려왔다고 했다. 그 뒤로 구대 아저씨는 밤만 되면 장대 아저씨의 움막집 문에 자물쇠를 채워놓는다고 했다. 그가 도망가지 못하게.

"저러다 버스에 치이기라도 하믄 어쩌누."

방앗간 할머니는 신작로에서 장대 아저씨를 보기만 하면 태식 삼촌을 시켜 구대 아저씨에게 알렸다. 신작로에 쓰러져 있는 장대 아저씨를 태식 삼촌이 경운기에 싣고 온 적도 있었다.

장대 아저씨한테 아버지가 있는 곳까지 날 데려다달라고 해볼까……?

그렇지만 나는 여전히 장대 아저씨가 생닭의 피를 빨아먹는다는 소문을 믿었다. 바퀴벌레를 달여 먹는다는 소문도. 어린 여자아이를 움막집에 가두어두고는 달인 바퀴벌레를 먹인다는 소문 또한.

나는 할머니가 하는 말은 죽어라 믿지 않으면서도, 장대 아저씨를 둘러싼 기괴하고 끔찍한 소문들만은 기어이 믿으려고 했다.

소리 소문도 없이

아침저녁으로 날이 선선해지며, 양은대야 공장이 망해 문을 닫았다는 소문이 마을에 파다하게 퍼졌다.

태식 삼촌이 읍내에 다녀오는 길에 둘러보니 양은대야 공장 대문이 굳게 닫혀 있더라고, 공장을 지키던 개만 쇠사슬을 물어뜯으며 사납게 짖어대고 있더라고 했다.

하루아침에 양은대야 공장이 망하자, 먹고살 길이 막막해진 축사 사람들은 마을을 떠났다. 그들은 마을 어른들에게 여전히 근본도 뿌리도 없는 이방인들이었다. 마을로 흘러들기 전 뭘 해 처먹고 살았는지 알 수 없는 순 도둑놈들이었던 것이다. 그들은 마을에 흘러들 때처럼, 소리 소문도 없이 떠났다. 그리고 그들 대개는 야반도주라도 하듯 살림살이를 팽개쳐두고는 떠났다. 파밭에 묶어놓고 키우던 개와 고양이들도 버려두고.

"뿌리두 읎어 병들믄 거지밖에는 될 게 읎는 팔자들이야."

방앗간 할머니는 마을을 떠난 축사 사람들을 향해 저주라도 퍼 붓듯 중얼거렸다. 그들이 멀리서라도 그녀의 말을 듣고 있기라도 한 듯.

쌍둥이는 아직 떠나지 않았지만, 그 애들도 언제 떠날지 몰랐다. 오늘 밤에라도 당장 떠날지 모르는 일이었다.

내가 축사에 갔을 때, 쌍둥이는 파밭에 버려진 찬장 위에 나란히 올라앉아 있었다. 뒤집힌 찬장 속에는 양은그릇들이 마구 뒤엉켜 있었다.

"너희들도 떠나니?"

쌍둥이가 고개를 까닥까닥 흔들었다.

"언제 떠나는데?"

"오늘 밤."

"오늘 밤?"

그 애들은 자꾸만 고개를 까닥까닥 했다. 저러다 고개가 뚝 부러 지면 어쩌나 걱정이 되도록.

나는 밤이 찾아오는 게 싫었지만, 백 밤이 어서 지나려면 오늘 밤 이 어서어서 지나가야 했다. 그 애들이 떠나든 말든, 죽을 때까지 그 애들을 영영 볼 수 없다고 해도…… 나는 영영 볼 수 없다는 게, 죽을 때까지 영영 볼 수 없다는 게 정확하게 뭔지는 몰랐지만, 조금 은 알 것도 같았다. 그것은 입속 혀가 바짝 타들어가는 것처럼 막막 하고 슬픈 일일 것이다.

그날 밤, 축사에서는 마을을 발칵 뒤집어놓을 만큼 끔찍한 사건
이 벌어졌다. 떠나지 못하고 남아 있던 축사 사람들끼리 싸움이 난
것이었다. 저녁 내내, 새된 여자의 비명과 남자들의 악에 받친 욕
설, 그릇들이 한꺼번에 깨지는 소리, 문짝이 박살나는 소리가 축사
에서 들려왔다. 밤이 깊어지며 잠잠해지는가 싶더니, 앵앵 사이렌
소리가 요란하게 마을을 흔들어 깨워놓았다.

"뭔 일이 났는가?"

염소 똥 같은 약을 먹고 잠들었던 할머니가 웅얼거리며 깨어났
다. 방문을 벌컥 열고는, 사이렌 소리가 들려오는 어둠 속을 뚫어져
라 바라보았다. 양철대문 밖으로 사람들이 웅성웅성 지나갔다.

"뉘요?"

할머니가 소리쳤다.

"축사에서 큰일이 났는가 봐요."

어둠 속에서 들려오는 목소리는 태식 삼촌의 것이었다.

"뭐라는 거여?"

할머니는 똑똑히 들어놓고도 못 알아들은 척 머리를 긁적이며 내
게 그렇게 물어왔다.

"축사에서 큰일이 났대."

나는 자신도 모르게 후드득 어깨를 떨며 말했다.

"뭔 큰일이 났다구……?"

할머니는 아무래도 궁금한지 주섬주섬 벗어두었던 옷가지를 걸쳐

입었다.

내가 할머니를 따라 축사로 달려갔을 때, 그곳에는 어른이고 아이고 할 것 없이 마을 사람들이 웅성웅성 모여 있었다. 방앗간 할머니도, 태식 삼촌과 색시도, 인숙과 미정도 보였다. 파밭에 지프차가 두 대나 서 있고, 검정 가죽잠바를 입은 남자들이 구둣발로 뛰어다니며 축사를 뒤집어놓고 있었다.

"읍내서 온 형사들이래."

인숙이 어금니를 딸가닥딸가닥 부딪쳐가며 내 귀에 대고 말했다.

"사람이 죽었다지…… 글쎄, 사람이……"

방앗간 할머니가 지프차가 내쏘는 불빛 속에서 심판이라도 하듯 중얼거렸다. 마을 사람들은 서로를 향해 사람이 죽었다는 소리를 전하며 진저리를 쳤다. 축사 사람들은 저녁 내내 계속되던 싸움 끝에 칼부림까지 벌였고, 결국에는 사람이 죽었다고 했다.

꼭꼭 닫혀 있던 축사 문짝들은 활짝 열려, 짐승의 내장 속처럼 살벌하고 어수선한 내부를 고발하듯 드러내 보이고 있었다.

세번째 문 너머, 갓난아기를 끌어안고는 벌벌 떨고 있는 여자가 보였다.

여자의 누런 얼굴이 춘자 고모의 얼굴과 너무나 닮아서, 나는 여자에게서 좀처럼 눈을 거둘 수가 없었다. 여자는 육십 촉 전구 불빛 속에서 벌벌 떨면서도, 마을 사람들을 퀭한 눈으로 쏘아보고 있었다. 아기에게 한쪽 젖을 물리고는. 여자의 두 눈동자가 고양이의 눈처럼 서늘한 야광 빛을 발하고 있었다.

나머지 축사 사람들은 파밭 한쪽에 죄인들처럼 죽은 듯이 몰려서 있었다. 마을 사람들을 향해 검은 그림자들을 드리우고서. 쌍둥이들도 멍한 표정으로 그들 속에 있었다.

쌍둥이 중 하나가 나를 향해 가만가만 손을 흔들어 보였다. 나는 그 애를 못 본 체했다.

"살인범은 잡았대요?"

어수선하게 웅성웅성하는 가운데 높고 분명한 목소리로 그렇게 물은 사람은 인숙의 엄마였다.

"찌르고는 번개처럼 날랐대요."

미정 아버지가 끼어들었다.

"뒷산으로 날랐다드라. 아마도 저수지로 갔겠지."

"설마허니 빠져 뒈지려구 저수지로 갔겠누? 번개처럼 빨랐다니 뒷산을 넘어갔어두 벌써 넘어갔겠지. 혹시 아나…… 마을에 숨어 있을지."

나는 자꾸만 칼로 찌르고 도망을 쳤다는 사람이 쌍둥이의 아버지일 것만 같은 생각이 들었다. 한 번도 얼굴을 본 적이 없는.

그 일이 있은 뒤로, 마을에는 한동안 살벌한 긴장감이 감돌았다. 마을 사람들은 살인범이 마을에 숨어 있을지도 모른다며 두려워했지만, 살인범은 마을 어디서도 나타나지 않았다.

내가 오랜만에 축사를 찾아갔을 때 쌍둥이는 이미 그곳을 떠나고 없었다. 나는 파밭을 서성거리다, 꼭 닫힌 세번째 문을 벌컥 열어보았다. 육십 촉 전구 불빛 아래서 아기를 끌어안고는, 퀭하게 마을 사람들을 쏘아보던 여자도 떠나고 없었다. 춘자 고모를 꼭 닮은 그 여자는 아기를 데리고 어디로 갔을까.

다들…… 어디로 가버렸을까.

축사 사람들이 버리고 간 살림들은 진즉에 마을 사람들이 주워갔거나, 불에 태워졌거나, 경운기에 실려 읍내 고물상에 내다 팔렸다. 할머니도 축사에서 까맣게 그을린 프라이팬을 주워왔다. 철수세미로 박박 문질러 닦아서는 부엌 벽에 걸어놓고, 나물을 달달 볶거나 지질 때 내려 썼다.

인숙 아버지는 하루 날을 잡아, 마을 아저씨들과 축사를 부수었다. 날이 어두워지기도 전에 축사는, 곡괭이질에 부서지고 헐려 마을에서, 그리고 이 지상에서 완전히 그 모습을 감추어버렸다.

처음부터 마을뿐 아니라 이 지상에 없었던 것처럼……

낮과 밤뿐

괘종시계가 하루 종일 울지 않았다. 할머니는 괘종시계가 울지 않는 것도, 명이 다했기 때문이라고 했다. 할머니는 괘종시계가 물건이 아니라, 사람이라도 되는 양 손으로 쓰다듬기까지 했다.

괘종시계마저 울지 않아 할머니 집은, 그리고 마을은 더없이 적막했다. 나는 아무래도 괘종시계의 추가 멈추어 서는 순간, 마을의 시간이 멈춰버린 것만 같은 기분이 들었다. 마을에는 그저 낮과 밤의 구분만 있을 뿐, 시간이 멈춘 채 흐르지 않는 것만 같은.

나는 목숨 수 자가 새겨진, 휘어지고 납작해진 숟가락들을 전부 챙겨 가지고 할머니 몰래 장대 아저씨의 담배밭으로 갔다.

신작로를 하염없이 걷고 있기라도 하는가, 장대 아저씨는 담배밭 어디서도 보이지 않았다.

나는 가장 납작한 숟가락으로, 굳은 밥을 푸듯 땅을 팠다.

세숫대야만 한 구덩이가 만들어지도록 땅을 판 뒤, 챙겨온 숟가락들을 그 구덩이에 심었다. 내가 땅속에 심는 것은 숟가락들이 아니라, 숟가락들마다 부적처럼 새겨진 목숨 수 자였다. 벼락을 맞아 얼굴이 다 타고도 붙어 있다는 목숨이자, 명이었다.

구덩이 속에 송장처럼 누워 있는 숟가락들을, 나는 흙으로 덮었다. 숟가락들이 흙 위로 비어져 나오지 못하도록 발로 꾹꾹 눌러 다졌다. 언젠가 닭의 대가리를 묻었을 때처럼 꾹꾹.

"요상한 일두 다 있다. 발이 달린 것두 아니구 숟가락들이 대관절 어딜 가버렸는가?"

할머니는 나를 의심하는 것도 같았지만, 사라진 숟가락들의 행방을 캐묻지는 않았다. 할머니는 다락으로 기어올라가 목숨 수 자가 새겨졌던 숟가락들보다 더 납작하고 형편없는 숟가락을 대여섯 개 꺼내왔다.

나는 비지찌개에 밥을 한 공기나 비벼 먹고, 끄억 끄억 트림을 해가며 신작로를 향해 달려갔다.

추부이발관 앞에 쪼그려 앉아 읍내 쪽을 향해 목을 빼고는 버스가 나타나기만을 기다렸다. 해가 방앗간 양철지붕에 반쯤 걸쳐져 있는 것을 보면, 읍내로부터 달려오는 막차가 아직 마을을 지나가지 않았으리라. 해가 방앗간 양철지붕 너머로 완전히 기운 뒤에야, 괘종시계는 여섯 번을 울었고, 조금 뒤 막차가 마을을 지나갔던 것이다. 괘종시계가 도대체 울지를 않아, 나는 해가 기우는 것으로 막차가 마을을 지나가는 시간을 짐작하는 수밖에 없었다.

낮과 밤이 바뀌는 그 순간에, 막차는 밤을 몰고 오듯 마을을 향해 달려왔다.

해가 기우는 동안, 방앗간 양철지붕은 저무는 햇살을 고스란히 받아 황금을 씌운 듯 눈부시게 반짝거렸다. 양철지붕이 너무 눈부셔 나는 버스를 기다리는 것도 까맣게 잊고 황홀해하기까지 하였다. 해가 완전히 기울면 양철지붕이 황금빛을 잃고 더없이 차갑고 초라한 양철 그대로의 남루한 빛깔로 되돌아갔지만.

추부이발관 안을 들여다보니, 정희 언니가 이발관 거울을 닦고 있었다. 정희 언니도 나와 똑같은 생각을 한 걸까. 이 마을에 존재하는 거울들은 아무리 닦아도 맑아질 수 없으며, 마을 사람들이 실은 흐릿한 거울 속에 갇혀 살아가고 있다는…… 추부이발관 아줌마는 정희 언니가 오늘내일 아기를 낳을 거라고 했다.

버스가 마침내 신작로에 모습을 나타냈다. 흙먼지를 일으키며 마을을 향해 기세 좋게 달려왔다. 나는 벌떡 일어나 버스를 향해 한껏 손을 쳐들고는 깃발처럼 흔들었다. 어깨가 빠져라 손을 흔들었지만 버스는 나를 미처 못 보았는지 내빼듯 지나가버렸다. 버스의 뒤꽁무니를 쫓아 내달렸지만, 버스는 야멸칠 만큼 빠르게 멀어져 내 시야에서 완전히 사라져버렸다.

싸락눈 속으로

싸락눈으로 들끓는 신작로를 장대 아저씨가 홀로 비치적비치적 걸어가고 있었다. 가을 내내 신작로를 따라 흐드러지게 피어났던, 미처 시들지 못한 코스모스들이 싸락눈 속에서 그대로 얼어붙고 있었다.

나는 싸락눈을 얼굴 정면으로 맞으며 눈으로 그를 좇았다. 자꾸만 흘러내리는 콧물을 반들반들 닳아빠진 웃옷소매로 훔치며.

싸락눈은 점점 거세지고, 짙어졌다. 꽝꽝 언 얼굴이 싸락눈에 뜯기는 것만 같았지만, 나는 그에게서 눈을 뗄 수 없었다.

'장대 아저씨……!'

내가 목 안에서 그렇게 부르는 순간, 그는 싸락눈 속으로 아예 사라져버리고 없었다.

신작로도 싸락눈 속으로 묻히듯 사라져갔다.

골방 죄인의 얼굴

더는 울지 않는 괘종시계를 할머니는 골방으로 치웠다. 괘종시계는 할아버지처럼 골방 구들장을 지고 누워서는, 죽을 날만 기다리는 신세가 된 것이다.

괘종시계를 골방으로 치운 지 사흘째 되던 날. 낮이고 밤이고, 사뭇 꼭 닫혀 있던 골방 문이 반 뼘쯤 열려 있는 것이 언뜻 내 눈에 들어왔다.

저 문짝만 열면 할아버지의 얼굴을 볼 수 있나……?

저 문짝만 열면……?

나는 까고 있던 마늘이 썩었다는 걸 알면서도 껍질을 끝까지 벗겨냈다. 문짝을 흘끔흘끔 노려보며…… 꼭지까지 썩은 마늘을 성한 마늘들 속으로 던져 넣고는, 몸을 일으켰다. 골방 문 쪽으로 한 발짝 한 발짝 조심스럽게 다가갔다. 문짝에 달린 둥근 쇠고리를 손으로 움켜쥐기는 했지만, 나는 문짝을 열어젖힐 엄두가 나지 않았다. 그토록 할아버지의 얼굴을 꼭 한 번은 보고 싶어 했으면서도, 막상 할아버지의 얼굴과 마주할 생각을 하니 겁이 났던 것이다.

나는 벌어진 문틈에 오른쪽 눈을 가져다 댔다. 숨소리를 죽이고 골방 안을 들여다보았다. 대낮인데도 골방은 햇빛 한 점 들지 않아, 염색약을 칠한 듯 어두침침했다. 골방 어디선가 똥기저귀가 썩고 있는 듯, 구린내가 훅 끼쳤다.

'……!'

나는 순간적으로 움찔하며 눈을 사납게 치켜떴다. 말린 담뱃잎 같은 이불을 목까지 끌어 덮고는, 천장을 향해 누워 있는 할아버지가 내 눈에 들어온 것이다.

나는 손으로 꽉 움켜잡고 있던 쇠고리를 잡아당겼다. 문짝이 떼어지듯 덜커덕 소리를 내며 열렸다.

나는 주저하다가 골방 안으로 삼켜지듯 들어갔다.

그리고 마침내, 할아버지의 얼굴과 마주하였다.

할아버지의 얼굴은 비명을 내지르고 싶을 만큼 비참하고 기괴했다. 그것은 사람의 얼굴이 아니라, 불길에 그슬리고 찌그러진 양은 냄비의 바닥만 같았다. 그러나 얼굴보다 더 끔찍한 것은, 갈라지듯 벌어진 입이었다. 그리고 믿을 수 없게도 입속에는 이가 한 개도 남아 있지 않았다. 이가 죄다 뿌리 뽑혀서인지 잇몸과 입천장은 거무스름하게 짓물러 있었다.

나는 그러한 할아버지의 입에서 '동화'라는 내 이름이 맨 처음 토해졌다는 사실이 소름 끼치도록 싫기만 했다.

나는 당장이라도 고개를 돌려 피하고 싶었지만, 할아버지의 얼굴에서 도무지 두 눈을 뗄 수가 없었다. 내가 고개를 돌리려는 순간, 할아버지의 얼굴 위로 아버지의 얼굴이 겹쳐 떠올랐기 때문이었다. 내 머릿속에서 조금씩 바래지고 잊혀져가던 아버지의 얼굴이…… 유부남과 바람이 나 도망을 간 춘자 고모의 얼굴도 떠오르는가 싶더니, 어린 여자아이의 얼굴이 떠올랐다.

그리고 그것은 그 누구의 얼굴도 아닌, 내 얼굴이었다.

할아버지의 얼굴 위에서 내 얼굴이, 섞여들듯 겉돌며, 둥둥 떠다니고 있었던 것이다.

나는 할 수만 있다면 내 얼굴을 할아버지의 얼굴에서 거두어내고 싶었다. 그렇지만 내 얼굴은 점점 더 할아버지의 얼굴과 겹쳐져 하나의 얼굴을 이루었다. 할아버지의 얼굴뿐만 아니라 아버지와 춘자 고모의 얼굴도 겹쳐져서는, 그 모든 이들의 얼굴이 하나의 얼굴을 만들어가고 있었던 것이다.

내가 고개를 돌리는 순간, 할아버지의 입에서 메마른 신음 소리가 들릴락 말락 새어 나왔다. 그 소리가 마치 '동화야……' 하고 부르는 소리처럼 들려 나는 도로 고개를 돌렸다.

나는 할아버지의 얼굴로 슬그머니 손을 뻗었다. 마늘독이 매섭게 오른 손가락들을 펼쳐, 끔찍하고 저주스럽기만 한 할아버지의 입을 틀어막기라도 하듯 덮었다. 그 입이 다시는 내 이름을 소리 내어 부를 수 없도록.

동화야…… 하고 부를 수 없도록.

뭉개기라도 하듯 손가락들로 입을 꾹 짓누르던 나는 그만, 비명을 내질렀다.

할아버지의 눈꺼풀이 번쩍 떠진 것이다. 눈꺼풀 저 아래 눈동자가 흔들리는가 싶더니, 눈꺼풀이 바르르 떨리며 내려와 눈동자를 지우듯 덮었다.

할아버지가 내 얼굴을 봤을까?

내가 동화라는 것을 알아봤을까?

나는 기운이 다 빠져 혼곤한 기운을 느끼며 중얼거렸다.

골방 밖에서 할머니가 날 불러대는 소리를 들으며, 나는 꾸벅꾸벅 낮잠 속으로 빠져들었다.

머리 검은 짐승

싸락눈으로 들끓는 신작로에서 장대 아저씨를 본 뒤로, 나는 그를 볼 수 없었다. 인자 아줌마가 그랬듯, 한순간 증발하듯 내 시야에서 사라져버린 그도 다시는 마을에 돌아오지 않고 있었다.

구대 아저씨는 장대 아저씨를 찾는다며 오토바이를 몰고 일대 마을들을 샅샅이 뒤지고 다녔지만, 번번이 허탕을 치고는 마을로 돌아왔다. 읍내에서 그를 똑 닮은 남자가 돌아다니는 것을 봤다는 소문이 있어, 읍내를 이 잡듯이 뒤지고 다녔지만 역시나 허탕만 쳤다. 구대 아저씨의 아줌마는 외려 장대 아저씨가 저 스스로 사라져준 것을 천만다행으로 여기는 눈치였다.

"낳아준 부모가 아니고서야, 어느 누가 데리고 살겠어요. 하루에 대여섯 번도 더 지랄을 하는디. 간질이란 게 고질병도 보통 고질병이어야지요. 그 병이 오래되면 머리도 어떻게 되는지, 낮인지 밤인지도 모르고 오락가락했다니까요."

"자네, 그러다 천벌 받네."

방앗간 할머니의 면박에 아줌마는 "천벌을 받아도 할 수 없지요" 하고는 쌩하니 가버렸다.

마을 사람들은 장대 아저씨가 길에서 비명횡사했거나, 납치를 당했거나, 떠돌이 거지가 되었을 것이라고들 했다.

나는 장대 아저씨를 따라나서지 않은 것이 후회되었다. 그를 따라나섰다면, 그가 어떻게든 나를 아버지한테 데려다주지 않았을까.

"움막집에 가볼래?"

"움막집에?"

인숙이 놀랐는지 딸꾹질을 하며 눈을 동그랗게 떴다.

"엄마가 움막집에 가지 말랬구먼."

"미친년, 싫으면 말아라."

나는 괜히 부아가 나서는 인숙의 얼굴을 손톱으로 할퀴고는 혼자서 움막집을 찾아갔다.

장대 아저씨가 떠난 뒤로, 움막집은 버려진 채 저 홀로 무너져 내리고 있었다. 구대 아저씨는 장대 아저씨를 찾는 데는 그렇게나 혈안이면서도, 움막집은 나 몰라라 했다. 방앗간 할머니의 말마따나, 구대 아저씨가 오밤중에도 눈알을 부릅뜨고 지키는 것은 오로지 황초골에 쌓아둔 담뱃잎들뿐이었다.

나는 담배밭을 지나, 움막집 쪽으로 한 발짝 한 발짝 조심스럽게

다가갔다.

사방에서 바람이 휘몰아쳐서인가. 움막집에 친친 감아놓은 비닐들이 스적스적 펄럭펄럭 부스럭부스럭 소리를 내며 흩날리고 있었다. 그 소리들 때문인지 움막집이 내게 뭐라고 뭐라고 자꾸만 말을 걸어오는 것만 같은 착각이 들었다. 스적스적 소리가 마치 '오늘이 초여드레인가 초아흐레인가' 묻던 장대 아저씨의 목소리처럼 들렸던 것이다.

장대 아저씨가 움막집에 돌아와 있으면 어떻게 하나?

그 생각이 문득 들며 심장이 터질 듯 쿵쿵 뛰었다. 그렇지만 그가 돌아왔을 리가 없었다.

꼭 닫힌 움막집 문을 여는 순간, 지붕 위에서 뭔가가 툭 떨어졌다. 나는 화들짝 놀라 뒤로 주춤 물러났다. 기껏 비닐뭉치임을 깨닫고는, 어금니를 꽉 깨물고 움막집 안으로 기어이 발을 들여놓았다. 어금니를 어찌나 꽉 깨물었던지, 입 안에서 비릿한 피냄새가 났다.

움막집은 퀴퀴한 냄새로 들끓고, 거미줄 천지였다. 얼키설키 얽힌 거미줄들이 그나마 다 쓰러져가는 움막집을 간신히 지탱해주고 있는 것 같았다. 발을 내디딜 때마다 거미줄이 내 얼굴과 목에 사정없이 감겨왔다.

다락만큼이나 천장이 낮은 방 안은 끔찍한 아수라장이었다. 지랄병이 도지기 직전의 불안한 들뜸, 억눌린 흐느낌과 비명으로 들끓고 있었다. 나는 진저리를 치며 방 안을 찬찬히 둘러보았다. 방 벽에 다닥다닥 붙여놓은 탤런트들의 사진이 내 눈에 들어왔다. 신문에서 오려낸 사진들이었다. 환하게 웃고 있는 탤런트들의 얼굴에서 곰팡이가 피어오르고 있었다.

뭉친 이불 속에서 니야옹니야옹 고양이 울음소리가 들려왔다. 내가 이불을 들치자, 내 머리만 한 검정고양이가 나를 향해 송곳 같은 이빨을 드러내며 니야옹― 니야옹― 울었다. 장대 아저씨가 키우던 고양이인지 모가지에 방울이 달려 있었다. 고양이의 밥그릇인 듯, 밥알이 말라 달라붙은 밥공기가 이불 속에서 나뒹굴었다.

"나는 네가 무섭지 않아. 나는 무서운 게 없어. 나는 독한 년이거든."

고양이가 내 말을 알아듣기라도 한 듯 꼬리를 슬금슬금 내렸다. 고양이의 목에 걸린 방울이 흔들리며 경쾌한 소리를 내질렀다.

방 안을 아무리 둘러보아도 쇠사슬에 두 손과 두 발이 묶여 있다는 여자아이를 나는 찾아낼 수 없었다. 피가 다 빨린 닭도, 삶은 바퀴벌레도……

고양이가 슬금슬금 다가와 혀로 내 발등을 핥았다.

"장대 아저씨는 멀리 떠났어. 돌아오지 않을 거야."

나는 고양이를 끌어안았다.

고양이를 끌어안고 양철대문을 들어서는 나를 보고 할머니는 기염을 토했다.

"영물을 주워왔구나."

"……"

“내다 버려라.”

“……”

“고양이는 함부로 키우는 게 아니여. 십 년을 이뻐라 키워두 해 코지를 허는 짐승이 고양이여.”

“……”

“은젠가 니 할아버지가 새끼고양이를 한 마리 주워온 적이 있었지. 암고양이였는디, 니 할아버지가 나비야, 나비야 불러가며 어지간히도 이뻐라 했지. 쓸데없게두 짐승헌티 유별나게 정이 많은 양반이었으니까. 근디 나비가 새끼를 하두 낳아대니까 골치라…… 나비가 낳은 새끼를 다 합허면 스무 마리가 넘었으니까. 그해 장마가 심했지. 니 할아버지가 나비를 개천 물에 버리고 오지 않았겠냐. 사납게 불어난 개천 물에 내던지구 왔다 하더구나. 소도 집어삼킬 만큼 사나운 물에다…… 나비가 어찌나 발광을 쳐댔는지 가시덤불에라두 나뒹굴다 온 사람처럼 손등이 죄다 긁혀서는 오지 않았겠냐. 근디 며칠이나 지났을라나, 밤에 고양이 울음소리가 하두 서럽게 들려 방문을 열어보니 나비가 마당에서 눈에 불을 밝히구는 니 할아버지를 잡아먹을 듯 쏘아보고 있지 뭐냐.”

할머니가 나를 빤히 바라보았다.

“살면서 그렇게나 무서운 눈은 첨이었다. 그렇게나 무서운 눈은…… 니 할아버지도 무서웠는지 나비를……”

할머니가 표정을 멍하게 흐리며 부르르 몸을 떨었다. 내 눈이 나비 눈을 닮았나? 할아버지를 잡아먹을 듯 쏘아봤다는 나비의 눈을?

“그래서 나비는 어떻게 됐는데?”

“니년이 알아서 뭐 허게…… 싸게 그 고양이나 버리고 와라.”

“나비가 어떻게 됐냐구?”

“썩을 년! 뭐가 그리 궁금허냐?”

“나비는……?”

“모가지를 매달었지……”

“모가지를……?”

“모가지를 매달아 죽였다.”

나는 할아버지가 고양이의 모가지를 매달았다는 게 믿어지지 않았다. 할아버지는 무서운 사람인가. 사납게 불어난 개천 물에 고양이를 내던질 만큼, 살아 돌아온 고양이의 모가지를 매달 만큼……

“해코지를 헐까 무서워 모가지를 매달었지……”

나는 고양이를 데리고 장대 아저씨의 담배밭으로 갔다. 내가 품에서 내려놓자 고양이는 잽싸게 움막집 쪽으로 달아났다.

‘십 년이 아니라 이십 년, 삼십 년을 이뻐라 키워두 해코지를 허는 짐승이 있지.’

‘……?”

‘머리 검은 짐승이라구……’

고양이를 버리고 오려고 양철대문을 나서는 내 등 뒤에 대고 할머니가 중얼거리던 말이, 이상하게도 내 귓속에서 우웅우웅 울렸다. 텅 빈 담배밭을 방황하듯 떠도는 바람 소리와 뒤섞여서는……

머리 검은 짐승이 있나? 사람처럼 머리가 검은 짐승이 또?

차라리 벙어리가 될래

　신작로가 얼었다. 동치미 무처럼 꽝꽝 언 신작로를 데굴데굴 굴러, 미정네 가족이 마을을 떠났다. 미정네는 서울로 갈 거라고 했다. 서울서 보란 듯이 성공해 고향에 내려오겠다는 말을 남기고, 미정 아버지는 마을을 등졌다. 키우던 가축들과 논밭을 다 팔아넘기고. 엊그제까지만 해도 굴뚝에서 연기가 피어오르던 집을 버려둔 채. 미정은 서울물을 먹고 얼굴이 백분처럼 희어져서는 놀러오겠다는 말을 인숙과 내게 남기고 떠났다.

　"성공이 뭐야?"

　나는 태식 삼촌에게 물었다.

　"성공?"

　태식 삼촌이 눈을 동그랗게 뜨고 나를 바라보았다.

　"돈을 많이 버는 거지."

“얼마나 많이?”

“집도 사고, 땅도 사고, 자동차도 사고, 자식들 대학교까지 가르칠 만큼……”

“성공하려면 서울로 가야 하나?”

“응……”

실없이 웃고 있던 태식 삼촌의 얼굴이 굳었다. 돌멩이처럼 딱딱하게.

“삼촌도 성공하고 싶나?”

“……?”

“삼촌도 성공하고 싶어?”

“응……”

나는 태식 삼촌에게도 무슨 말인가를 더 묻고 싶었지만 묻지 못했다. 더는 딱히 묻고 싶은 말도 없었다. 오래전 아버지도 그렇게 마을을 등지고 떠나갔을까. 보란 듯이 성공해 고향에 내려오겠다는 말을 남기고서.

서울을 생각하면 아버지와 엄마, 그리고 내가 살았던 단칸방이 떠올랐다. 단칸방의 거무스름한 곰팡이들이 무섭게 피어난 천장과 벽들이…… 엄마가 날마다 걸레로 닦아내는데도 곰팡이는 자꾸만 피어났다. 곰팡이는 비키니옷장 속에 넣어둔 옷들에서도 피어났다. 엄마가 가장 아끼던 분홍색 원피스에서도. 엄마가 아무리 빨아도 한 번 피어난 곰팡이는 지지 않았다. 엄마는 곰팡이가 핀 분홍색 원피스를 입고 울었다.

미정네가 마을을 떠난 것을 시작으로, 사람들은 마을을 떠나지 못해 안달이었다. 마을에서 가축도 가장 많이 기르고, 농사도 가장 크게 짓던 미정 아버지마저 마을을 떠나 서울로 간 뒤로는.

방앗간 태식 삼촌마저도 마을을 떠나지 못해 화병이 걸렸다. 몇 개월 뒤면 태어날 아기마저 자신처럼 살게 할 수는 없다는 게, 그가 마을을 떠나고 싶어 하는 가장 큰 이유였다.

"방앗간을 팔자니까요."

태식 삼촌은 방앗간을 팔지 못해 환장을 했다.

"농약을 먹고 뒈지는 한이 있어두 방앗간은 어림읎다."

방앗간 할머니는 완강히 버텼다. 오른팔을 잃고도 방앗간을 떠나지 않으려는 할머니가, 나는 아무래도 이해가 되지 않았다. 하나 남은 팔마저 방앗간 기계들이 덥석 먹어버리면 어쩌려고……

뒤숭숭한 것은 방앗간뿐만이 아니었다. 마을 전체가 부지깽이로 들쑤셔놓은 아궁이처럼 어수선하고 불안하기만 했다. 인숙 아버지는 여름 내내 고추 농사를 지어서 번 돈을 노름판에서 날리고, 추부 이발관 오 씨 아저씨는 간이 딱딱하게 굳는 병이 생겨 큰 병원에 입원을 했으며, 인숙 할아버지는 읍내에 나갔다가 오토바이에 치여 정강이뼈에 금이 갔다고 했다.

동짓날 밤, 나는 방앗간에서 팥죽을 한 그릇 얻어먹고 잠을 자다가 할머니와 방앗간 할머니가 나누는 말을 엿들었다.

"중구는 여태 소식이 없누?"

중구……? 언젠가 들어본 적이 있는 이름이었다. 중구,라고 몇 번이나 중얼거려본 뒤에야 나는 그것이 아버지의 이름임을 깨달았다. 박중구. 사람들은 아버지를 그렇게 불렀다. 나는 잠든 척 눈을 꼭 감은 채 귀를 쫑긋 세우고 할머니들이 나누는 이야기를 엿들었다.

"소식은…… 뭐."

"중구 갸도 어지간히 아등바등 산다."

방앗간 할머니는 말끝에 쯧쯧 혀를 찼다.

"나가 시집을 오던 해 중구가 여섯 살이었지요. 중매쟁이가 재취 자리인 걸 속이구서 중매를 섰던 거라. 병신마냥 속구 시집을 온 게 얼매나 분허구 억울하든지 아무 잘못두 읎는 중구가 으떻게나 밉든 지. 새엄마라구 들어온 내 눈치만 보는 게 꼴두 보기 싫더라니까유. 내 자식을 낳아놓구 나니까 더 꼴 보기 싫은 게…… 구박도 많이 혔지. 내 성질머리가 워낙에 야박한 걸 어쩌라구……"

"그것이 워디 자네 성질머리가 야박해선가? 사는 게 야박하다 보 니까 그만 그렇게 되어버린 게 아니겠누. 사는 게 야박하다 보니 까……"

"그래두 중구가 내 몸뚱이로 난 자식이었으믄 그렇게까지 야박스 럽게 했을까? 소보다 못헌 팔자라는 생각이 들 적마다 아무 잘못도 읎는 중구를 구박혔으니……"

뭔 말이지? 아버지를 낳은 사람이 할머니가 아니었나? 할머니가 아버지의 친엄마가 아니라 새엄마였나?

“자네가 뭔 죈가? 중구까지 키워줬으면 되었지. 뭔 영화를 그렇게나 보겠다구. 의붓자식의 자식꺼정……”

“동화 저것이 고분고분허니 순허기만 혀도 낫겠는디……”

할머니들이 나누는 이야기를 몰래 엿들은 뒤로, 나는 점점 말이 없어졌다.

“동화야.”

인숙이 부르는데도 나는 들은 척도 하지 않았다.

“너, 벙어리가 되었냐?”

“……”

“벙어리가 되었냐구 물었잖여.”

“……”

나는 말을 하기가 죽기보다 싫었다. 내 눈은 더 가늘게 찢어져 매서워지고, 입은 불만에 찬 듯 너덧 발은 튀어나왔다. 볼 살이 움푹 꺼지며 광대뼈가 튀어나와 훨씬 못생겨졌다.

“정말 벙어리가 되었는가벼.”

인숙은 그렇게 말하고는, 내가 제 얼굴을 할퀴기라도 할까 봐 멀찍이 달아났다.

나는 차라리 벙어리가 되고 싶었다. 할머니가 싸리비로 내 등이며 머리를 사정없이 후려쳐도, 나는 입을 꾹 다물고는 한마디도 하지 않았다.

말을 하지 않아서인가. 나는 말하는 법을 그만 까맣게 잊어버렸다. 목젖이 훤히 들여다보이도록 아, 하고 입을 벌려도 목구멍에서 소리가 새어 나오지 않았다. 돌덩이가 목구멍을 꽉 틀어막고 있는 것만 같았다. 비명조차 새어 나오지 않았다. 답답할 때도 있었지만, 그렇다고 해서 딱히 할 말이 있는 것도 아니었다. 그러다 보니 무언가 간절히 말을 하고 싶을 때도, 말이 나오지 않았다.

"별 요상한 년도 다 봤다. 한마디도 안 헌다. 한마디도! 살다 살다 이렇게나 독한 년은 첨이다."

할머니가 막힌 목구멍을 뚫어놓겠다며 부지깽이를 내 입에 들이대는데도, 나는 말을 안 했다.

말을 안 해서 나는 더 독한 년이 되었다.

"막걸리를 먹여볼까?"

옥천 할마가 빚은 막걸리를 반 대접 벌컥벌컥 들이마신 뒤에야, 내 목구멍을 틀어막고 있던 말들이 마구 터져 나왔다.

"아버지가 할머니 집에 가서 살자고 했어. 할머니 집에 가면 할아버지도 있고, 고모도 있다고 했어. 할머니 집에서 닭도 키우고 염소도 키우고 소도 키우며 살자고 했어. 아버지는 서울이 무섭다고 했어. 서울서는 하루하루가 죽지 못해 사는 것만 같다고 했어. 아버지는 무섭다면서 서울에는 왜 또 갔나? 아파트를 지으러? 아파트를 아직 다 못 지어서 날 못 데리러 오나? 백 밤은 언제 지나나? 지나도 벌써 지나지 않았나? 춘자 고모는 안 오나? 춘자 고모가 공장장하고 미숙네 비닐하우스에서 나오는 걸 봤어. 할머니한테 말했다가는 내 입을 찢어놓을 거라고 했어. 화악! 가위로 내 입을 화악!"

어수선한 중에 해가 바뀌고, 나는 아홉 살이 되었다. 나는 자신이 나이를 아주 많이 먹은 것만 같은 기분이 들었다. 정희 언니만큼이나…… 아니…… 춘자 고모만큼이나…… 아니…… 할머니만큼이나……

죽을 날밖에는 기다릴 것이 없다는 할아버지는 여태도 죽지 않고 살아 있었다.

백 년이 하루다

해가 바뀌어서인지, 옥천 할마는 더 죽은 사람만 같아졌다. 성하던 한쪽 눈마저 백내장이 끼어 흐려지고 있었다. 또다시 죽을 때가 다 되어서 그런 것인지도 몰랐다.

죽어도 골백번은 죽었다던 옥천 할마도 죽는 게 무서울까? 구렁이 같았다던 비단 목도리로 목을 친친 감아 스스로 목숨을 끊을 때 겁이 났을까? 죽어가는 순간에, 조금이라도 더 살기 위해 발버둥을 쳤을까? 언젠가부터 나는 막걸리를 받으러 옥천가게에 갈 때마다 그런 의문이 저절로 들었다.

할머니들은 모이기만 하면 옥천 할마가 죽을 날이 멀지 않았다는 이야기를, 아주 오래된 소문처럼 나누고는 했다.

"명두 어지간히 길어야지. 쓸데읎이 명 긴 것두 다 흉거리다."

할머니는 옥천 할마의 흉을 뜯으면서도, 외상으로 받아다 마신 막걸리 값을 갚을 생각은 하지 않았다.

"더두 말구 덜두 말구, 칠순이나 무사히 채웠으믄 싶다. 칠순이나……"

그렇게 말하는 것을 보면, 방앗간 할머니는 아무래도 옥천 할마만큼 오래 살고 싶은 게 아닐까. 방앗간 할머니는 예순여섯 살이라고 했다.

옥천 할마가 그렇게나 오래 살아 있는 것은 아무래도 할머니들에게 은근한 부러움이자, 수수께끼요, 대놓고 흉을 봐도 될 만큼 남우세스러운 일인 듯했다.

내가 막걸리를 받으러 옥천가게에 갔을 때, 옥천 할마는 가게에 딸린 방 안에서 검은 비단 이불을 관처럼 덮고 누워 있었다. 눈깔사탕을 여의주처럼 입에 물고는…… 개미들이 고무줄처럼 검은 줄을 지어 옥천 할마의 입속으로 기어들고 있었다.

"막걸리를……"

나는 말끝을 흐리며 양은주전자를 얼른 등 뒤로 감추었다. 옥천 할마가 죽은 것만 같아서였다.

"애야……"

옥천 할마의 목소리가 땅속에서 들려오듯 아득하고도 멀게 들려왔다.

"나는 오늘로 딱 백 년을 살았다……"

"백, 백 년이요?"

내 목소리는 이상하게도 덜덜 떨려 나왔다.

"백 년을 살았지……"

"……"

"전생에 삼십 년도 못 살고 스스로 목숨을 끊으며 이 다음 생에 서는 어떻게든 백 년까지만 살게 해달라고 소원을 했었단다……"

"……"

"살고 보니 백 년이 하루다…… 백 년이 하루다……"

백 년이 하루라는 옥천 할마의 말은 수수께끼와도 같았지만, 내 머릿속에 송곳으로 새긴 듯 인상 깊게 남았다.

"백 년이 하루다……"

개미들은 이제 옥천 할마의 입뿐만 아니라 콧구멍 속으로도, 귓 구멍 속으로도 줄을 지어 기어들고 있었다. 마치 옥천 할마의 육신 이 썩은 나무라도 되는 듯. 옥천 할마의 육신을 다 파먹어 질기고 텅 빈 거죽만 남겨버리겠다는 듯.

옥천 할마의 입에 물려 있던 눈깔사탕이 또르르 굴러 떨어지며, 혀가 입 밖으로 축 늘어졌다. 노랗게 부어오르기 시작한 혀끝에서, 침이 찐득하게 흘러내렸다. 그 침 속에서 개미들이 악다구니를 쳐 대고 있었다.

"옥, 옥천 할마……"

나는 양은주전자를 든 채 부르르 떨다가 옥천가게를 나왔다. 신 작로를 건너 할머니 집으로 걸어가며 나는 어쩐지 스스로가 옥천 할마처럼 백 년을 산 것만 같은 기분이 들었다. 아버지가 나를 데려다 놓은 그날로부터 꼬박 백 년을 산 것만 같은…… 백 년 동안 마늘을 까고 또 까며 살아온 것만 같은……

"옥천 할마……"

나는 중얼거리며 찔끔 눈물을 흘렸다. 누가 지켜보고 있는 것도 아닌데, 나는 얼른 옷소매를 끌어당겨 눈물을 훔쳤다. 나는 독한 년이라 울 수가 없었다. 혼자일 때도 울 수가 없었다.

백 년이 하루면, 백 밤은 얼마나 짧을까.

옥천 할마가 죽던 날 밤, 목화솜 같은 눈이 소복소복 내려 마을을 뒤덮었다. 눈이 얼마나 많이 내렸는지 방앗간 양철지붕이 다 주저앉고, 신작로가 눈 속에 파묻혔다. 버스가 끊겨 마을은 이 세상으로부터 완벽하게 고립되었다.

눈은 이튿날 정오가 되어서야 그쳤다. 마을 사람들은 그제야 기어 나와 지붕을 덮은 눈을 치웠다. 할머니도 싸리비로 지붕의 눈을 털어내고는, 김치를 잔뜩 썰어 넣고 국수를 끓였다.

추부이발관 아줌마가 마을의 집들을 돌아다니며, 옥천 할마의 죽음을 전했다.

"그 늙은이, 천년만년 살 것 같더만 돌아가셨는가."

할머니는 그 말뿐, 불어터진 국수를 한 젓가락 집어 입으로 말아 넣었다. 멍이라도 든 듯 시퍼런 김치 쪼가리가 국수 가닥에 딸려 할머니의 벌건 입속으로 들어갔다.

이틀이나 지나서야, 눈 속에 파묻혔던 신작로가 구렁이처럼 슬금

슬금 모습을 드러냈다. 바퀴마다 쇠사슬을 친친 감은 버스가, 탈탈 탈탈 마을이 떠나가도록 요란한 소리를 내며 신작로를 굼뜨게 달려 왔다. 버스가 가고 난 뒤, 검은 승용차와 응급차가 마을에 들었다. 검은 승용차와 응급차는 옥천가게 앞에 멈추어 섰다. 응급차는 옥천 할마의 죽음을 쉬쉬하듯 앵앵 소리 한 번 내지 않고, 옥천 할마의 시신을 서둘러 거두어 갔다.

"외조카라라더라. 생전 찾아두 안 오더만 죄 받을 것이 두려웠나, 그려도 시신은 거두러 왔구먼."

방앗간 할머니는 말끝에 쯧쯧 혀를 찼다.

그리고 얼마 뒤, 그 외조카라라던 사람이 옥천가게 터를 외지인한 테 팔아넘겼다는 소문이 마을에 나돌았다. 마을 할머니들은 그가 다 꿍꿍이속이 있어서 옥천 할마의 시신을 거두어 간 것이라는 말들을 서슴지 않고 했다. 그러니까, 코딱지만 한 옥천가게 터를 팔아 돈이라도 챙기려는 꿍꿍이속이 있어서……

일월도 다 가기 전, 여간해서는 팔리지 않을 거라던 방앗간이 팔렸다고 했다. 방앗간 터도 외지인이 사들였다고 했다. 그래도 값을 꽤나 받을 줄 알았던 방앗간 기계들을 고물 값에 넘겼다며, 방앗간 할머니는 두고두고 억울해했다.

"이 늙은이가 세상 바뀌는 걸 뭔 수로 막누……"

날이 풀리면, 방앗간 할머니네는 도회지로 이사를 나갈 거라고 했다. 색시의 배도 자꾸만 불러오고 있었다.

장날, 할머니는 읍내에서 새 거울을 사다가 마루 기둥에 걸었다. 내가 깨뜨려버린 거울과 모양뿐 아니라 크기도 거의 비슷한 거울이었다. 새것이라는데도, 거울은 이상하리만치 흐리기만 했다. 후후 입김을 불어넣고는 옷소매를 끌어당겨 골똘히 훔쳤지만, 흐린 기운은 조금도 가시지 않았다. 거울이 원래부터 흐려터진 게 아니라, 마을에만 들여오면 저절로 흐려지는 것이 아닐까. 마을에만 들여오면, 백내장이 끼듯 흐릿한 기운이 거울을 뒤덮어버리는 게 아닐까.

마른국수를 삶는 동안

방앗간 할머니네가 마을을 떠나기 전날, 나는 색시를 찾아갔다. 밤사이 색시의 얼굴이 텅 비지는 않았나 보려고…… 색시는 노란 수건으로 얼굴을 가리고는, 석유풍로 앞에 쪼그리고 앉아 있었다. 석유풍로 위 커다란 양은솥단지 속 물이 끓기를 기다리며. 마른국수라도 삶으려는지, 양은쟁반 그득 마른국수가 널려 있었다.

나는 부엌으로 들어가 색시의 옆에 쪼그리고 앉았다.

"세상에서 내가 가장 힘들어하는 일이 뭔지 아니?"

힘들어하는 일……? 색시한테도 힘들어하는 일이 다 있나?

"뭔데요?"

나는 마른국수를 한 가닥 집어 똑똑 끊어 먹으며 물었다.

"마른국수를 삶는 거야……"

"그게 뭐가 어려워요?"

할머니가 마른국수 삶는 걸 몇 번인가 본 적이 있는 나는 대뜸 그렇게 말했다. 끓는 물에 마른국수를 넣고 삶다가 찬물에 서너 번 헹구어내면 끝이 아닌가.

"마른국수는 말이야…… 조금이라도 덜 삶으면 속까지 익지를 않아서 밀가루 냄새가 나고, 조금이라도 더 삶으면 금세 퉁퉁 불어 터져서 맛이 없어지거든……"

양은솥단지 속 물이 끓으려고 하는지 뚜껑 새로 김이 올라왔다.

"양을 맞추는 것도 쉽지가 않아……"

물이 보글보글 소리를 내며 끓는데도 색시는 마른국수 넣을 생각은 않고 중얼거렸다.

"다섯 사람이 먹을 만큼만 삶아야 하는데도…… 늘 열 사람은 먹고도 남을 만큼 많이 삶게 되거든……"

"……?"

"친정아버지가 잔치국수를 하도 좋아하셔서 나는 자주 마른국수를 삶아야 했어……"

친정아버지라면 문둥이 아버지를 말하는 건가?

"아버지하고 어머니하고 동생들하고 나하고, 딱 다섯 사람이 먹을 만큼만 삶는다는 것이 삶고 나면 열 사람은 먹고도 남을 양이 되었어…… 그래서 어머니한테 늘 구박을 받았단다…… 쓸데없이 손만 커서…… 아까운 양식을 축낸다고……"

조그맣게 잦아드는 색시의 목소리와는 달리, 양은솥단지 속 물은 요란하게 끓고 있어서 나는 불안하기만 했다.

“남아서 불어터지다 못해 꾸덕꾸덕 말라가는 국수를 볼 때마다 나는 죄를 짓는 것만 같았단다…… 그것도 아주 몹쓸 죄를…… 먹지 못할 정도로 불어터진 국수를 내가 몰래 땅속에 파묻는 걸 친정아버지한테 들킨 적이 있거든…… 내가 땅속에 다 파묻을 때까지 기다리셨다가…… 명희야…… 것도 죄다…… 하고 말씀하시는 거야…… 명희야 것도 죄다…… 것도…… 것도……”

명희가 색시의 이름이었나?

“것도 죄라고…… 죄라는 말이 어찌나 듣기 싫던지……”

“……”

“문둥이라서 사람들이 친정아버지를 죄인 취급했거든…… 아무 지은 죄도 없는 소처럼 순한 양반인데 큰 죄를 지은 사람이라도 되는 듯…… 용서받지 못할 큰 죄라도……”

색시의 목소리가 왜 저리 떨리는 걸까.

“그래서 한번은 남은 국수를 어떻게든 다 먹어치우려고 하다가 크게 탈이 난 적도 있어……”

“……”

“누가 나한테 마른국수 좀 삶으라고 할 적마다 나는 더럭 겁이 난단다……”

“……”

나는 문득 얼굴이 보고 싶어져 색시 쪽으로 고개를 돌렸다. 색시의 얼굴이 정말로 텅 비었을 것만 같아서…… 색시는 내게 얼굴을 보이고 싶지 않은지 수건으로 얼굴을 더 꼭꼭 싸매고 감추었다.

“금은보화보다도 귀한 게 뭔지 알아요?”

“……?”

“금은보화보다 귀한 거 말이에요.”

“그게 뭔데 그러니……?”

“그게 뭐냐 하면……”

나는 주저하다가 입을 다물어버렸다.

색시가 스르르 몸을 일으키더니 끓는 물 속으로 마른국수를 한 주먹 흩뿌리듯 집어넣었다. 한 주먹, 그리고 또 한 주먹 더. 색시는 그렇게 양은쟁반 그득 널린 마른국수를 죄다 끓는 물 속으로 집어넣었다. 마른국수들이 흐물흐물 풀어지며 흰 거품이 끓어올랐다.

“죽어서나 땅에 묻히러 오지 또 살러 오겠누.”

살림살이들이 산더미처럼 실린 트럭에 올라타며 방앗간 할머니가 말했다. 죽을 때까지 다시는 마을에 오지 못할 거라는 말인가.

“영영 이별이다.”

방앗간 할머니는 복받치는 슬픔을 참지 못하겠는지 끄억 소리를 내며 눈물을 떨어뜨렸다.

“형님두 참, 발이 없나? 버스가 없나? 오구 싶으믄 은제든 오믄 되지.”

할머니가 방앗간 할머니를 위로했다.

“죽을 날 받아놓은 늙은이들이 살믄 얼마나 산다고……”

“죽을 날이야 태어날 때부터 받아놓는 것이 아니요?”

"난 이만 가네……"

그것이 방앗간 할머니가 마지막으로 남긴 말이었다. 방앗간 할머니네의 살림들이 실린 트럭이 신작로를 달려 산굽이 너머로 사라진 뒤에도 한참 동안 할머니는 바위처럼 굳은 듯 서 있었다. 방앗간 할머니의 말처럼 나는 방앗간 할머니를 영영 못 볼 것만 같은 생각이 들었다. 태식 삼촌도, 색시도 다시는…… 보고 싶으면 언제든 볼 수 있었던 사람들을 영영 못 볼지도 모른다는 생각이 들어서일까. 나는 기분이 이상했다. 아주 슬픈 것도 아니고, 그렇다고 아주 화가 나는 것도 아니었다. 햇빛이 쨍 내리비치는 날 신작로를 따라 걸을 때의 막막함 같은 것……

마을 사람들이 다 흩어진 뒤, 나는 방앗간에 들어가 보았다. 방앗간 할머니가 떠나버려서인가, 기계들이 쓸모없어진 쇳덩어리처럼만 보였다.

나는 그렇게나 마을로부터 벗어나고 싶어 하면서도, 마을 사람들이 자꾸만 마을을 떠나려고 하는 것이 싫었다.

인자 아줌마도, 장대 아저씨도, 축사 사람들도, 미정네도, 방앗간 할머니네도 떠나고, 다음에는 누가 떠날까?

떠나지 못해 다들 안달복달이니 떠나도 누군가는 떠날 것이었다.

내 얼굴

서울로 떠난 미정네 소식이 들려온 것은, 스멀스멀 봄기운이 올라올 즈음이었다. 봄이라고는 해도 바람은 칼처럼 사납기만 해, 마을 사람들의 얼굴을 트고 갈라지게 했다. 서울서 고작 노가다 신세가 되었다던 미정 아버지가, 공사장에서 사고를 당해 불구가 되었다는 소식이었다. 벽돌을 지고 나르다가 발을 헛디뎌서는 순식간에 당한 사고라고 했다.

나는 백분처럼 얼굴이 하얘져서는 놀러오겠다던 미정의 말을 떠올리며 거울을 닦았다.

"진종일 거울만 닦냐?"

할머니가 면박을 주었지만, 나는 못 들은 척 거울만 닦았다.

"거울을 닦는다구 이쁘지두 않은 얼굴이 이뻐 보인다든."

거울을 하도 닦아, 손목이 아프다 못해 손가락들이 굳어갈 즈음이었다. 꺼풀이 벗겨지듯, 거울을 휩싸고 있던 흐릿한 기운들이 점점 걷혔다. 어느 순간, 거울이 점점 투명하고 환해지더니 웬 여자아이의 얼굴이 거울 위로 떠올랐다.

여자아이는 거울 속에서, 불만에 찬 얼굴로 나를 쏘아보았다.

"넌 누구냐……!"

나는 거울 속 여자아이를 향해 쏘아붙였다.

"넌 누구냐!"

거울 속 여자아이도 나를 향해 똑같이 소리쳤다.

"넌……!"

내가 쏘아보면 쏘아볼수록, 여자아이는 더 매섭게 나를 쏘아보았다. 여자아이의 얼굴은 할머니의 얼굴을 닮은 것도 같고, 춘자 고모의 얼굴을 닮은 것도 같고, 골방 할아버지의 끔찍하기만 한 얼굴을 닮은 것도 같았다.

듬성한 눈썹에 가늘게 찢어진 눈, 붉은 열기에 휩싸여 불안하게 흔들리는 눈동자, 툭 튀어나온 광대뼈, 납작 눌린 코, 부아가 난 듯 너덧 발은 튀어나온 입, 사이가 벌어진 앞니, 허연 버짐이 핀 이마, 인중 바로 옆 거머리만 같은 흉터, 귀밑까지 내려오는 검은 머리칼……

한순간, 나는 벼락이라도 맞듯 거울 속 여자아이의 얼굴이 내 얼굴임을 깨달았다. 다른 그 어떤 여자아이의 얼굴도 아닌, 내 얼굴임을.

그런데도 나는 시치미를 뚝 떼고는 여자아이를 향해 또 소리쳤다.

"넌 누구냐!"

나는 거울 속 여자아이의 얼굴을 손톱으로 죄다 뜯어놓고 싶은 충동에 사로잡혔다.

"못생겨서 공순이나 되어야겠구나."

나는 여자아이를 향해 말했다.

"못생겨서 공순이나 되어야겠구나."

여자아이가 나를 향해 똑같이 말했다.

날이 어두워지고, 거울은 여자아이의 얼굴을 안으로 안으로 삼키며, 어둠 저 멀리로 물러났다.

여자아이의 얼굴이 더는 들여다보이지 않는데도, 나는 거울에서 눈을 떼지 못하고 있었다.

그날 밤 꿈에, 나는 할아버지의 얼굴을 보았다. 꿈에 할아버지의 얼굴을 본 것은, 처음이 아니었다. 골방에 몰래 들어 할아버지의 얼굴을 본 뒤로, 나는 꿈에 몇 번인가 할아버지의 얼굴을 보았다. 그때마다 나는 가위에 눌리듯, 할아버지의 얼굴이 풍기는 짙은 죽음의 기운에 눌려 꼼짝을 할 수 없었다.

하지만 그날 꿈에서는 달랐다.

꿈에 나는 할아버지의 숯처럼 검게 꺼져든 얼굴에 색연필로 울긋불긋 그림을 그려 넣고 있었다. 할아버지의 얼굴은 온갖 봄꽃들이 피어난 들판처럼 환하게 피어나고 있었다. 나는 노랑색 색연필로

할아버지의 입을 칠했다. 어느 순간 땅이 갈라지듯 할아버지의 입
이 쩍 벌어졌다.

"동화야……"

꽃을 피워 올리듯, 할아버지가 내 이름을 토해내고 있었다.

내가 꿈에서 깨어났을 때는, 아직도 깜깜한 밤이었다. 나는 어둠
속에서 가만히 내 이름을 불러보았다.

엄동설후에 핀 꽃이라는, 내 이름을.

그리고 그렇게 밤마다 깨어나 내 이름을 부르는 동안, 나는 열 살
이 되고, 열한 살이 되고 열두 살이 되었다.

에필로그

내가 마을을 떠난 것은 그로부터 몇 년이 더 흘러, 열여섯 살이나 되어서였다.

마늘을 까고 또 까는 동안 나는 열여섯 살이 되었다. 까고 또 까는 동안…… 열여섯 살이었지만, 아홉 살이나 먹어서야 학교에 들어간 탓에 나는 겨우 중학교 이학년이었다. 그리고 그때까지, 골방 할아버지는 용케도 죽지 않고 살아 있었다. 할머니는 봄이 되찾아올 때마다 골방 문 쪽을 흘끔 바라보며 중얼거리곤 하였다.

"올봄도 그냥 넘길라나……!"

오래전 그날, 골방에 몰래 들어 할아버지의 얼굴을 본 뒤로 나는 한 번도 할아버지의 얼굴을 보지 못했다. 그런데도 나는 할아버지의 얼굴을 아주 가까이서 들여다보는 듯 선명하게 기억해낼 수 있었다. 태어나고, 늙고, 병들고, 죽는 고통이 옹이처럼 박힌 할아버지의 얼굴을…… 국어시간에 생로병사(生老病死)란 사자성어를 배우며 나는 저절로 할아버지의 얼굴을 떠올릴 수밖에 없었다. 그리고 오래전에 죽은 옥천 할마의 얼굴과 마을을 떠나간 방앗간 할머니의 얼굴을, 박쥐처럼 검은 우산을 남기고 사라진 인자 아줌마의 탱자처럼 쭈글쭈글하고 노란 얼굴을……

백 밤이 지나도 벌써 지났을 테지만, 아버지는 나를 데리러 오지 않았다. 셀 수 없을 만큼 많은 밤들이 흘러갔다는 것을 알면서도 나는 때없이, 백 밤은 언제 지나는가 하고 중얼거리고는 하였다. 죽은 옥천 할마만큼 늙어버린 할머니를 붙들고 백 밤은 언제 지나는가, 하고 뜬금없이 묻기도 하였다. 할머니는 그때마다 언제 지나가는가 싶게 금방 지나간다, 하고 주문이라도 외우듯 대꾸해왔다.

나는 간혹 다리 밑에 혼자 웅크리고 앉아 정희 언니를 생각하고는 했다. 읍내까지 아기를 낳으러 간 그녀는 끝끝내 마을에 돌아오지 않았다. 마을에 흘러든 소문에 의하면 그녀는 구미인가 어디서 혼자 아이를 키우며 살고 있다고 했다. 아이와 먹고살기 위해 아등바등 공장에 일을 다니며…… 그녀는 뱃속에 아기를 가졌을 때, 아기를 가졌다는 사실보다 아기가 태어나 훗날 자신처럼 살게 될까 봐 겁이 났다고 내게 말했었다. 자신처럼 일찌감치 집을 떠나 스스로 돈을 벌어야만 학교에 다닐 수 있을까 봐서, 하루 아홉 시간씩 열 시간씩 병든 병아리처럼 쪼그리고 앉아 일을 하며 살게 될까 봐서……

‘아기가 나랑 똑같이 생겼을까 봐 겁이 나…… 나랑 얼굴도 똑같고, 손가락도 발가락도 똑같을까 봐서…… 심지어는 손금까지 똑같아서 나랑 운명마저도 똑같을까 봐서…… 나랑 운명마저도……’

내가 그려 넣은 눈썹을 찡그리며, 그녀는 그렇게 말했다.

그러고 보니 엄마도 내게 그렇게 말한 것 같다. 도망을 가기 얼마 전, 아버지가 마시다 남긴 소주를 홀짝홀짝 마시며 그렇게 말했던 것 같다. 나를 낳고는 더럭 겁이 나 펑펑 울었다고 말했던 것 같다.

내가 엄마처럼 살게 될까 봐서……

엄마는 어쩌면 날 버린 게 아니라, 나로부터 달아난 것인지도 모르겠다. 자신을 꼭 닮은 내가 두려워 아주 멀리까지 달아나버린 것인지도.

엄마는 나로부터 달아났지만 정희 언니는 그러지 않았다. 그래서일까. 날이 어둑해지도록 다리 밑에 혼자 앉아 있다 보면, 정희 언니가 내 가까이에 있는 것만 같은 착각이 들고는 했다. 보라색 보자기를 머리에 둘러쓰고.

그래서 나는 문득 소리를 내어 그녀에게 말을 걸고는 했다.

“정희 언니, 잘 지냈어?”

“으응……”

그녀의 목소리는 언제나, 다리 밑에 휘몰아치는 바람 저 어딘가에서 들려왔다.

“언니, 힘들지 않아?”

“……”

"나, 피가 났어."

나는 할머니에게도 털어놓지 않은 비밀을 그녀에게 털어놓았다. 그녀 앞에서는 이상하게도 아무것도 부끄럽지가 않았다.

"피……?"

"거기서……"

"아…… 난 열일곱 살에 했는데……"

"내가 언니보다 더 빠르네."

"……"

"언니, 아직 거기에 있어?"

"으응……"

"정말, 아직 거기에 있어?"

"응……"

"……"

"동화야…… 넌 널 아껴…… 너의 운명과 시간을…… 너 자신을 보물처럼 아끼고 아껴야 해…… 내가 너만 할 때 나는 그러지 못했어…… 돈을 벌면서 공부를 해야 하는 게 너무 힘들어서…… 나는 나 자신을 저주할 줄밖에 몰랐어…… 너는 그러지 마…… 너 자신을 저주하지 마……"

그녀의 목소리가 점점 멀어졌다.

"정희 언니……?"

몇 번이고 불렀지만, 그녀의 목소리는 들려오지 않았다. 나는 천천히 몸을 일으켜 사방을 둘러보았다. 냇물 위로 잔잔히 물결이 번져나가고 있었다. 나는 그 잔잔한 물결의 무늬를 내 몸속에 새겨 넣기라도 하듯 오래오래 들여다보았다. 다리 밑이 너무 어두워져 자갈들의 경계가 사라져버릴 때까지.

나는 어쩐지 정희 언니의 목소리를 다시는 들을 수 없을 것만 같은 기분이 들었다. 그리고 어쩌면 그녀를 영영 만나지 못할지도 몰랐지만, 그녀의 보라색 보자기를 폭 뒤집어쓴 얼굴만은 잊지 못할 것 같았다.

나는 다리 위로 올라가 신작로를 향해 뛰었다. 버스가 읍내에서부터 전조등을 환하게 밝히고 마을을 향해 달려오는 것이 보였다. 내가 신작로에 거의 다다랐을 때, 버스는 추부이발관 앞에 덜컥 멈추어 섰다. 버스 뒷문이 열리고 인숙의 큰언니가 내렸다. 그녀는 버스가 요광리 쪽으로 사라질 때까지 우두커니 서 있다가, 집 쪽으로 한없이 주저하며 걸어 올라갔다. 그녀는 여상을 졸업하고 은행원이 되지 못했다. 인숙의 말로는 키가 작아서라고 했다. 단지 키가 작아서…… 내가 볼 때는 그리 작은 것 같지도 않은데 말이다. 그녀는 마을에 내려와서는 읍내 새마을금고에 취직을 했다. 첫 버스를 타고 읍내에 나가, 마지막 버스를 타고서야 마을에 돌아왔다. 새마을금고에 취직을 하고 얼마 안 지나, 그녀는 머리카락을 싹둑 자르고 파마를 했다. 화장을 하고, 살구색 뾰족구두를 신은 그녀의 모습은 내게 낯설기만 했다. 나는 어쩌다 버스에서 내리는 그녀를 볼 때면, 그녀도 어느 날 춘자 고모처럼 사라져서 돌아오지 않으면 어떻게 하나 괜히 걱정이 되었다.

백 밤은 언제 지나가나 때없이 묻고는 했지만, 언제부턴가 나는 아버지를 기다리지 않았다. 내가 더는 기다리지도 않는 아버지가 날 데리러 온 것은, 중학교 이학년 여름방학이 막 시작되었을 때였다. 할아버지와 할머니 그리고 나는, 할머니가 깻잎 따는 일을 해 하루하루 벌어오는 돈으로 먹고살고 있었다. 그리고 내가 마늘을 까서 버는 돈으로.

나는 마늘을 까다가 지쳐 마루에 벌렁 드러누워서는 칼릴 지브란의 책을 읽고 있었다. 나는 마을에서 여전히 독한 아이였고, 인숙밖에는 친구가 없었다. 아기를 낳으러 읍내로 떠나기 전날 정희 언니는 냇가 다리 밑에서 내게 슬쩍 그 책을 건네주었다. 아침 내내 까고 또 깠는데도, 햇볕이 따갑게 내리쬐는 마당 멍석 위에는 내가 까야 할 마늘이 수북했다. 나는 마늘을 까다 말고 문득문득 칼릴 지브란의 책을 펼쳐 읽고는 했다. 손가락에 박혀든 마늘의 독기가 가라앉을 때까지, 웅얼웅얼 소리를 내어.

구 년이라는 시간을 훌쩍 건너뛰어서야 나타난 아버지는, 무척이나 작아져 있었다. 내 아버지가 맞는가, 하는 의심이 들 만큼. 나는 스르르 몸을 일으키며, 아버지는 원래부터 그렇게 작은 사람이었을지도 모른다는 생각을 불현듯 했다. 그러니까 구 년 전 겨울, 나는 저렇게나 작은 아버지의 등에 업혀 마을에 든 것인지도.

구 년 전, 아버지는 저렇게나 작은 몸으로 날 어떻게 이곳까지 업고 왔을까?

“동화야……”

“……?”

“네가 동화가 맞지?”

죄인처럼, 그것도 아주 큰 죄를 지은 사람처럼 아버지는 고개를 들지 못했다. 할머니 앞에서도, 내 앞에서도.

“날 따라가서 살래?”

육십 촉 전구 불빛 아래, 저녁 밥상을 앞에 두고 아버지가 내게 어렵게 물어왔다. 모기와 날벌레들이 전구에 다글다글 달라붙어 있었다. 모기향 연기가 아버지의 얼굴 쪽으로 몰려갔다.

“……”

“날 따라가서……”

아버지의 목소리는 자신 없이 잦아들고 있었다.

“네가 나랑 살겠다고 하면…… 날 따라가서 함께 살겠다고 하면……”

“……”

“나도 어떻게든 살아볼 수 있을 것 같다…… 어떻게든……”

그 말 때문일까. 나는 아버지를 따라가기로 마음먹었다. 아버지의 짝이 되어, 아버지와 함께 살아주기로.

하루에 두 번뿐이던 버스는, 여섯 번으로 늘어나 있었다.

오래전에 허물어뜨린 방앗간 터에는, 비닐하우스가 세 채 들어섰다. 비닐하우스 안에서는 깻잎들이 무섭게 자라나고 있었다. 나는 버스를 기다리며 옥천가게 쪽을 바라보았다. 옥천가게는 흙먼지를 수북이 뒤집어쓴 채 거의 다 쓰러져가고 있었다. 나는 어쩐지 미닫이문을 드르륵 열고 들어서면, 옥천 할마가 막걸리를 쑤고 있을 것만 같은 기분이 들었다. 일곱 살의 내가 옥천 할마를 향해 양은주전자를 내밀고 있을 것만 같았다. 막걸리를 반 주전자만 달래요, 장날 깨를 팔면 갚겠대요, 하고 성급히 중얼거리며……

"버스가 오는구나."

요광리 쪽에서 버스가 흙먼지를 일으키며 달려왔다. 방앗간 할머니네가 떠나던 해 신작로에는 아스팔트가 깔렸지만, 봄만 되면 신작로는 어김없이 흙먼짓길이 되었다.

"버스가 와……"

할머니는 말끝에 꺼억 탄식을 내질렀다.

아버지가 서둘러 버스에 올라탔다. 나는 마지못한다는 듯 버스에 올랐다. 내가 미처 다 올라타기도 전에 버스는, 마을을 뒤흔들며 읍내를 향해 곧장 내달렸다. 할머니를 향해 손을 흔들 새도 없이.

나는 그토록 떠나고 싶어 했음에도, 막상 마을로부터 멀어지자 두려워졌다. 마을에 뭔가 중요한 걸 남겨두고 떠나온 듯, 불안하기까지 했다.

나는 버스 뒤창에 달라붙듯 매달려서는, 속절없이 멀어지는 마을을 바라보았다.

마을은 하루살이 떼처럼 극성스럽게 들끓는 흙먼지 속에서 아스라이 뭉개지고 작아지다가, 어느 순간 흙먼지 속으로 부옇게 가라 앉았다. 이 세상에 아예 존재하지 않는 마을처럼……

성급하게 내달리던 버스가 느닷없이 속도를 줄였다. 씨팔씨팔 욕설을 중얼거려가며 난폭하게 버스를 몰던 운전수가 갑자기 빵! 하고 경적을 울렸다.

차창 밖으로 비치적비치적 걸어가고 있는 남자가 내 눈에 들어왔다. 버스는 남자를 치받을 듯 아슬아슬하게 스치고 지나갔다.

순간, 나는 목 안에서 탄식하듯 내질렀다.

'장대 아저씨……?'

정말, 장대 아저씨인가? 그는 여태 신작로 위에서 헤매고 있었던 것일까. 여태 저만큼까지밖에는 가지 못했던 것일까. 겨우 저만큼밖에는……?

'내가 널 데려다주마…… 나랑 같이 가자…… 나랑 같이 가자……'

그의 목소리가 내 귓속에서 윙윙 울렸다.

그대들은 결코 더러운 자와 깨끗한 자를, 악한 자와 선한 자를 나눌 수 없다.

왜냐하면 그대들은 마치 검은 실과 흰 실이 함께 짜여지듯이 태양의 얼굴 앞에 함께 서 있으므로.

나는 그제야 그 글의 뜻을 이해할 수 있을 것 같았다. 그것은 태양의 얼굴 앞에 죄인은 없다는 뜻이 아닐까.

그러니 간질쟁이 장대 아저씨도, 문둥이라는 색시의 아버지도, 증발하듯 사라져버린 인자 아줌마도, 열여덟에 아기를 낳은 정희 언니도, 춘자 고모도 죄인이 아니었다. 오래전 쫓겨나듯 마을을 떠나간 축사의 이방인들도, 식모였던 내 엄마도, 구 년이나 지나서야 날 데리러 올 수밖에 없었던 아버지조차도…… 그러니 누구도 그들을 죄인이라고 손가락질할 수 없으며, 심판할 수 없었다.

나는 버스가 읍내에 닿기도 전에, 그들 모두가 미치도록 그립고 보고 싶어졌다.

내 슬프고도 아름다웠던 죄인들의 얼굴 하나하나가.

신작로 위에서, 저는 외로움이라는 감정을 처음으로 경험했던 것 같습니다. 그래서인가, 소설을 쓰다가 문득문득 신작로를 떠올려보곤 합니다. 노란 흙먼지가 부글부글 들끓는 신작로를요. 신작로가 제 머릿속에 펼쳐지는 순간, 저는 이상하게도 눈이 멀고 귀가 먹는 듯 그렇게나 외롭고 까마득할 수가 없습니다. 어린 여자아이가 되어서는, 신작로를 홀로 걷고 있는 듯한 착각에 휩싸여 고개를 가만히 수그리기도 합니다.

어린 시절 한때, 저는 버스를 타고 신작로를 꽤 달려가야만 닿을 수 있는 마을에 살았었습니다. 흑백사진처럼 아주 오래된 마을이었습니다. 그 마을에는, 금방이라도 폭삭 주저앉을 듯 위태로운 집들이 있었습니다. 그리고 집들마다에는, '목숨'을 가장 두렵게 여기는 오래된 사람들이 살고 있었습니다. 마을에는 물론 이발관도 구멍가게도 방앗간도 있었습니다. 마을 사람들은 하나같이 바보 같고, 죄인 같고, 또 세상으로부터 잊혀진 사람들만 같았습니다. 마치 흑백 사진 속의 얼굴이 닳고 지워진 사람들처럼요…… 누군가 애써 기억해내지 않으면 그대로 사라지고 말 사람들처럼요……

저는 신작로를 따라 그 마을에 들었고, 또 신작로를 따라 그 마을을 떠나왔습니다. 그리고 한동안 그 마을도, 그리고 그 마을의 오래된 사람들도 까맣게 잊고 살았습니다. 제가 잊고 살아가는 동안 그들 중 누군가는 죽고, 또 누군가는 마을을 떠나버렸으며, 또 누군가는 몹시도 늙어버렸다는 것을 모른 채로요.

그런데, 어느 날부터였을까요. 저는 그 마을에 대해 이야기하고 싶은 마음을 품게 되었습니다. 그 마을에서 죄인처럼 숨죽이고 살아가던 사람들에 대해서 이야기하고 싶은 마음을요. 바스러진 그들의 얼굴을 원래대로 복원해내고 싶은 마음을요…… 왜냐하면 그 마을과 사람들은 여전히 우리의 사진첩 속에 소중히 간직되어 있는, 우리가 쉽게 버릴 수 없는 풍경이자 존재들이기 때문입니다.

그 마을을 다시 찾아가기 위해, 저에게는 '동화'라는 여자아이가 절실하게 필요했었던 것 같습니다. 어쩌면 제가 그 마을에 사는 동안, 저와 함께 신작로를 한없이 내달렸을지도 모르는 그 여자아이가요.

저처럼, 이 세상 어디에선가 '아름다운 죄인들의 얼굴'을 품고 살아가고 있을 그 여자아이…… 이 소설이 그런 이에게 위안과 용기가 되기를, 오늘 밤 저는 바라고 또 바랍니다.

2009년 8월

김숨